Beautiful Korea Tarot Card

뷰티플코리아
타로카드

지니 지음

뷰티플 코리아 타로카드
지 니 지음

1판 1쇄 발행일 2017년 10월 25일

발행인 | 이 춘 호
편집인 | 이 지 용

펴낸곳 | **당그래출판사**
등록일 | 1989년 7월 7일(제301-2005-219호)
주 소 | 04627 서울시 중구 퇴계로 32길 34-5(예장동)
전 화 | (02) 2272-6603
팩 스 | (02) 2272-6604
홈 피 | www.dangre.co.kr
이메일 | dangre@dangre.co.kr

뷰티플 코리아 타로카드

지 니 지음

당그래

뷰티플 코리아 타로카드

　동서고금을 막론하고 인간은 자신의 운명(運命)에 관심을 가지고 행복을 추구하고자 한다. 그러나 자신이 살아가는 삶의 환경 속에서 자신의 의지만으로 살아갈 수가 없으며, 영적, 자연적, 초자연적인 차원의 외적 힘이 영향을 미친다는 인간의 한계도 공감할 것이다. 현재 만족하지 못하거나 풍요로운 삶과 반대에 놓였을 때에는 갈등하게 되고, 다가올 미래의 불확실성에 대한 문제의식으로 불안한 상태에 놓이게 된다.

　이렇게 본인의 힘으로 해결하지 못하는 상황이 되면 종교나 점술에 관심을 갖게 된다. 특히 점술은 호기심과 재미로 손쉽게 접할 수 있기 때문에 많은 사람들이 어렵지 않게 경험하기도 한다. 인간의 욕구는 누구나 자신의 미래를 예측하여 평온한 삶 속에서 안정된 심리로 살아가길 원한다. 그래서 종교나 점술에 의지해 답답하고 어려운 상황의 해결책을 찾아 희망을 안고 살아가고 싶어 한다. 이러한 점술적인 것은 사회적 인식에서는 과학적이지 못하고 비합리적인 미신으로 폄하되기도 한다.

　그러나 현대사회에서는 동양의 사주명리나 서양의 타로와 같은 점복행위는 미신을 넘어 하나의 학문과 상담의 도구로서 새롭게 인식되어 가고 있다. 그리고 현실에서는 사람들에게 대중성으로 자리 잡아가고 있으며 변화 · 발전해 나가는 추세이다.

　타로카드는 서구 유럽에서 18세기 이후 점술도구로 자주 쓰였으며, 카드에 그려진 상징적인 그림을 이용하여 인간이 마음을 나타내주고 무의식을 투영해주는 신비주의 도구로 사용되었다. 타로는 타고난 운명을 풀어주는 기존 점술과는 달리, 이국적 이미지와 화려한 색채의 상징적이고 은유적인 그림이 그려진 78장의 카드를 스스로가 선택하게 하는 것이다. 그리고 정해진 배열법에 맞추어서 개인적인 의문사항을 접목시킨 후 원인을 지각하고, 해결점을 찾아 논리적으로 풀어 미래를 예측하는데 도움을 주는 예언적 점술이다. 이러한 타로는 색다른 재미와 신선함을 갖추어 현대인들에게 좋은 반응을 얻는 요인이 되었다.

뷰티플 코리아 타로(Beautiful Korea Tarot)는 한국문화의 정체성과 특징을, 미학적 가치는 물론 상징과 의미를 전달해야하는 기능적 측면도 고려하여 디자인하였다.

한국형 타로 제작은 현재 우리의 문화적 자산을 간직하고, 한국인의 정서를 대변하는 조선시대 5백년 역사와 문화를 바탕으로 특색 있고 의미 있는 이미지를 전개시켰다. 인물과 배경, 상징체계는 타로의 기능적 형태에 적합하게 표현하여 한국국민의 독자성을 잘 나타내고자 하였다. 또한 자아탐구와 자아통찰력, 자아성찰에 도움이 될 수 있게 색채와 조형, 상징체계에 비중을 두어 디자인하였다. 그리고 그에 연관된 요소들이 자신의 내면을 이끌어내고 무의식을 총체적으로 반영할 수 있는 표현도구로서, 실존적 문제에서 사고나 감정, 행동들에 대한 지각과 개선을 위해 심리 상담에도 활용할 수 있도록 제작하였다.

차 례

마이너 아르카나

타로를 리딩할 때 기억하기

뷰티플 코리아 타로 디자인

뷰티플 코리아(Beautiful Korea) 타로카드 디자인은 웨이트 계열인 올드패스 타로(Old path Tarot)와 라이더 웨이트(Rider Waite) 형식을 기준으로, 메이저 아르카나 22장과 마이너 아르카나 56장을 포함한 78장으로 하였다.

메이저 아르카나 22장에는 조선시대의 역사적 사건과 실존 인물들의 성격에 맞는 이미지와 상징으로 구성하였으며, 자연, 동물을 소재로 사용하였다. 56장의 마이너 아르카나 중 첫 부분에 해당되는 40장은 각각 에이스(Ace)카드부터 10번까지 슈트(Suit, 마이너카드를 구성하는 것으로 나무, 컵, 칼, 금화 등으로 이루어져 있다)에 색채와 민속전통 및 생활양식, 상징물 등을 대입시켜 한국의 관습과 각종 놀이를 포함한 전통 미풍양속을 기본 형태로 하여 구성하였다.

마이너 아르카나의 두 번째 부분을 구성하는 코트(Court) 카드(나무, 컵, 칼, 금화에 각각 왕, 여왕, 기사, 시종으로 총 16장으로 구성되어 있다)는, 조선시대 궁중의 시대적 흐름과 계급을 알 수 있는 복식을 표현하였다. 또한 4원소를 색채에 결합시켜 지(地), 수(水), 화(火), 풍(風)의 의미를 부여하여 표현하였다.

카드 화면 테두리는 단청의 기본색인 청색, 적색, 황색, 백색, 흑색의 5채(五彩)로 문양을 디자인하여 한국적 미를 살렸으며, 카드 뒷면은 태극 문양과 하늘(天), 봄(春), 동(東)쪽, 인(仁)을 뜻하는 건(乾)과, 땅(地), 여름(夏), 서(西), 의(義)를 나타내는 곤(坤)과, 달(月), 겨울(冬), 북(北), 지(智)를 나타낸 감(坎)과, 해(日), 가을(秋), 남(南), 예(禮)를 뜻하는 리(離)의 4

괘(四卦)로 구성하였다.

　이로서 타로의 고유한 기능적 측면을 형성하는데도 초점을 두고 그림에서 나타나는 이미지를 상징과 연관시켜 상담 도구로서 심미적 측면까지 해석 가능하게 노력하였다. 이번 한국형 타로 제작을 통해서 우리나라 현대인들에게도 우수한 한국 문화의 다양성과 독자성에 자부심을 갖는 계기가 될 수 있도록 변화를 시도하였다. 그리고 우리나라에서만의 활용이 아니라 세계적으로 한국형 타로를 통해 자국의 문화정서를 알릴 수 있는 계기를 만들 수 있었으면 하는 바람이다. 또 하나, 예술치료 상담 현장에서도 한국형 타로가 상담 매체의 보조적 도구로 가능성을 갖는 시도에 의의를 두고 연구하였다.

타로의 개요

　고대로부터 인류는 그림의 형태나 기호, 문자 등과 같은 상징체계를 통해 의사소통을 진화시켜왔다. 또한 예술적이며 놀이적인, 춤, 그림, 음악, 드라마 등과 같은 많은 수사(修辭)적 도구들을 이용하여 자신의 심리를 반영하고자 하였다. 이러한 인간의 의식 속에서 보편적으로 존재하는 생각이나 개념을 형상화시킨 것 중 하나가 타로이다. 오랜 역사를 통한 인간의 다양한 삶을 반영하여 그림의 형태로 표현되는 상징적 표상이 바로 타로인 것이다.

　초기 놀이용 카드가 현재의 점술용 카드로 발전하는 동안 중세 유럽의 기독교적 세계관은 물론, 연금술과 점성술 그리고 유대교의 카발라 등 신비주의가 도입되어 타로의 상징성은 더욱 구체화되고 풍부해졌다. 타로는 오랜 세기 동안 다양한 문화에 의해 수많은 점술의 방법에 사용되어 왔으며, 다양한 문화에 흡수되어 왔다. 78장으로 구성된 타로카드에는 각각의 키워드가 숨어 있고, 그림 속 신비한 상징체계에는 풍부한 내용들이 담겨져 있다. 현대에 들어서 타로는 인간의 깊은 내면에 숨겨진 잠재적인 의식, 사고, 감정을 투사시켜 깨우침을 주고 자신과 현재 상태를 판단하고 이해하고 미래를 예측하는데 도움을 주는 도구로 사용되어지고 있다.

타로의 기원

타로(Tarot)라는 어원은 이집트어 Tar(법률)와 Ro(왕)의 합성어로 '왕의 법' 또는 황제의 길이라는 뜻과 이탈리아어의 로타(Rota)의 철자 변환으로 뜻은 바퀴, 순환이라는 뜻으로 해석된다.

타로의 기원은 이집트 기원설, 유태인 기원설, 인도 기원설 등 여러 가지 다른 견해들이 있기는 하나 아직 정확히 밝혀진 것은 없다. 그중 이집트 기원설은 고대 이집트와 인도에서 쓰던 점성술용 '힌트카드' 가 변해서 오늘날의 타로카드가 되었다는 설이다. 인도기원설은 인도의 '차트랑카' 라는 놀이에서 장기, 체스, 타로카드, 트럼프 등이 유래되었다는 설이 있고, 서기 1세기 미트라(Mithras)의 신비 제의가 타로카드 구성이 유사하다고 하는 주장도 있다.

독일에서 타로가 처음 기록에 나타난 것은 1325년이고 스위스 베를린에서도 1376년이며, 이탈리아에서는 1379년에 타로가 나왔다는 기록이 있다. 스위스의 기록에서 '카드 금지령을 내렸다' 고 하는 것으로 보아서는 지금의 트럼프처럼 게임용으로 더 많이 사용되었던 것 같다. 유럽에서 가장 오래된 형태의 카드는 독일의 타로크(Tarok), 프랑스의 타로(Tarot), 이탈리아의 타로키(Tarocchi)이다. 이것은 모두 78장으로 구성되어 있는데 22장의 아트(Atout)라고 불리는 트럼프와 기타 56장으로 한 벌을 이룬다.

현재 가장 널이 쓰이는 타로는 1909년에 '황금 새벽회' 의 일원인 아서 애드워드 웨이트(Arthur Edward Waite)가 감독하고 화가인 파멜라 콜만 스미스(Pamela Coleman Smith)가 그린 '라이더 웨이트 타로

(Rider Waite Tarot)'이다(김동완, 2013). 78장의 타로 덱(deck)의 구성은 대략 16세기경 확정된 이후로 크게 변하지 않고 현재까지 이어져 오고 있다.

메이저 카드

뷰티플 코리아 메이저 타로카드는 기존 웨이트 계열의 타로의 고유 순번과 영어 명칭은 그대로 하였으나, 한국어 명칭은 한국의 정서를 고려하여 대입시켰다. (11페이지 표 참고 할 것 ☞)

마이너 카드

마이너 카드는 각 슈트별 나무, 칼, 컵, 금화 순으로 타로의 4원소(불, 공기, 물, 땅)와 색채에 대입하여 특성을 나타냈다. 나무는 성장, 창조력, 발전, 영감, 에너지, 추진력, 열정과 의지를 나타내는 붉은 계열의 색채가 사용되었다. 칼은 냉정, 냉철, 이성적, 냉소적, 직선적, 합리적, 의혹, 시기, 질투, 투쟁, 직관을 의미하는 노랑계열의 색채를 사용하였다. 컵은 정, 사람, 감정, 무의식, 눈물 등을 상징하는 파랑 계열로 채색하였다. 금화는 물질, 기술, 세속, 안정성, 풍성함을 상징하는 초록계열의 색채를 사용하였다. 또한 각각의 상징적 의미에 한국의 전통 세시풍속을 더하여 한국형 타로의 친근함과 주체성을 살려 디자인하였다. 그리고 메이저 타로의 의미를 보충해줄 수 있고 시각적으로 느낄 수 있는 이미지를 화면에 구성함으로서 심리 투사용 도구 매체로 활용도를 높이고자 하였다.

웨이트 계열의 타로카드와 한국형 타로카드의 비교

번호	영어 명칭	웨이트 계열 명칭	뷰티플 코리아 타로 명칭
0	The Fool	바보 나그네, 광대	나그네
1	The Magician	마법사	전술사
2	The HighPriestess	여사제	난이
3	The Empress	여황제	왕비
4	The Emperor	황제	임금
5	The Hierophant	교황	스승
6	The Lovers	연인	연인
7	The Chariot	전차	거북선
8	Strength	힘	용기
9	The Hermit	은둔자	현인
10	Wheel of Fortune	운명의 수레바퀴	운명
11	Justice	정의	정의
12	The Hanged Man	매달린 사람	매달린 사람
13	Death	죽음	저승
14	Temperance	절제	절제
15	The Devil	악마	도깨비
16	The Tower	탑	붕괴
17	The Star	별	별
18	The Moon	달	달
19	The Sun	태양	해
20	Karma, Judgement	업, 심판	업보
21	The World	세계	세계

메이저 아르카나

아르카나(Arcana)라는 말은 비밀의, 불가해한, 신비스러운(Arcane)에서 유래되었다. 메이저 아르카나는 0번 ~ 21번까지의 고유 숫자로 광대에서 세계 카드까지 22장으로 구성되어 있으며 타로카드 중에서 가장 중요한 위치를 차지하고 있다.

스위스 심리학자 칼 융은 "한 개인의 삶은 그 사람의 성격이다"라는 말을 했다. 인간이 살아온 삶의 경험에서, 외부에서 발생하는 사건이나 환경은 우리 내면의 심리적 에너지로 연결되기 때문이다. 22장의 메이저 각각의 카드에는 상징적인 인물(또는 사물)들을 등장시켜 인간의 삶에서 죽음까지 다양한 인생사의 여정을 보여준다. 세상에 태어난 인간은 그때부터 부모의 영향권 안에서 유년기를 거치며, 사춘기의 사랑, 혼란, 반항을 통해 세상의 고난, 윤리, 도전과 더불어 성숙해지고 상실과 위기, 좌절, 변형을 통해 새로운 희망을 자각하고 목표에 대한 궁극적 승리와 성취를 지향하게 된다(Juliet Sharman Burke 2005).

그러므로 인생의 탄생부터 죽음까지의 여정에서 쌓인 경험이나 마음의 상태, 주요 사건들이 진행되는 모습은 우주의 법칙에 따라 순환한다. 이러한 인간의 삶을 메이저 타로에서는 숫자와 상징, 색채, 이미지 등으로 나타내었다. 그래서 카드 각각의 그림이 가지고 있는 의미를 더 깊이 있고 세부적으로 이해할 수 있으며 상황과 사건, 사고, 인물 등에 대해 다양하게 해석이 가능하고 복잡한 상황을 효과적으로 표현해 줄 수도 있다.

0. 나그네 The fool

나그네는 인생 대부분을 삿갓 쓰고 방랑한 조선 후기 김삿갓을 연상하게 표현하였다. 조선시대의 평상복인 연청색 도포를 입고, 괴나리봇짐을 메고, 삿갓을 쓴 채로 여행을 한다. 나그네의 짚신이 많이 낡은 것으로 보아 긴 여행을 한 듯하다.

그러나 머리 위로 빛나는 태양은 발걸음을 가볍게 만들고 손에 든 지팡이는 굳이 의지하지 않아도 되는 것 같다. 나그네는 깊은 산중 절벽 위에서 먼 곳을 향해 갈 길을 찾느라 발아래 급류가 흐르는 것도 보지 못하고 발을 내딛고 있다.

나그네의 믿음직한 친구인 진돗개가 옷자락을 잡아끌며 위험을 알려주고 있으나, 나그네는 개의치 않고 앞으로 나아가려는 마음이 더 큰 것 같다. 나그네는 미지의 세계로 모험을 하는 것으로 자신감과 희망에 가득 차있고 순수하고 천진한 어린아이 같다. 모험은 위험 요소가 불가피하다는 것을 알려주듯 절벽아래 급류가 흐르고 있지만 든든한 친구인 개가 지켜주므로 멀고 긴 여행은 성공적이 될 것이다.

무엇인가 시작하려고 할 때나 마음이 산만하여 혼란스러울 때 나그네 카드는 자신이 무엇을 원하는지 발견하려면, 물질적이고 현실적인 것보다 자아실현의 의미를 되새기기를 권하는 메시지를 담고 있다.

🌐 의미적 성격

혼돈의 상황, 난해함, 미완성, 천진함, 자기수양이 필요함을 나타낸다. 나그네는 항상 새로운 것에 관심이 있어서 여행을 좋아하며 자유를 갈망한다. 특이한 성격으로 간섭이 싫고 변덕으로 끈기가 없다. 또한 생각은 짧으나 자신이 좋아하는 것에 집착하는 면은 강하다.

연애≫ 애정의 미완성, 호기심적인 일회성 연애, 자유스러움을 좋아하여 한 사람과 오래 못 갈 수 있다.

직업≫ 새로운 시작(사업 · 돈 · 공부), 한 곳에 정착하지 못해서 직장을 여러 번 옮긴다. 항상 새로운 꿈을 추구하는 자로서 새로운 일도 시도하는 걸 두려워하지 않아서 일을 시작할 때는 당당하며 열정의 의지자이나 끝맺음이 희미하다.

☆자영업, 실업자, 구직자, 임시직, 프리랜서, 탐험가, 여행가, 해운

건강≫ 건망증, 병적인 충동, 특이체질, 탈모, 탈진, 허약 , 정신질환(스트레스), 위장장애

◈ **금전** (돈을 잘 모으지 못한다)
과거– 사치스런 소비로 손해 볼 수 있었다.
현재– 수집 욕에 불타고 있다. 돈에 대한 열정이 잘못 발휘되면 분노
　　　의 기질로 변하여 사리분별을 못할 수 있으니 마음을 가다듬어라.
미래– 마니아적 사치를 버리지 못한다.

◈ **애정**
과거– 이성적, 감정적으로 준비되지 않아서 이길은 사치였다.

현재– 상대가 이해 못할 감정기복을 보였다면 사과하는 편이 좋다.

미래 –사람을 잃게 되지는 않지만 많은 문제에 부딪힐 수 있고 두 사람의 애정 결과는 알 수 없다.

◇ 학업

과거– 좀 바보 같은 짓을 저질렀다.

현재– 학업에 편협이 심한 상태로 열심히 해야 한다.

미래– 원하는 장르를 선택할 수는 있으나 경솔하게 행동하는 태도를 고쳐라.

쉬어 가기

타로카드의 4원소(지·수·화·풍)의 특성-I

● Earth (地)

– 핵심개념: 물질세계를 다루는 현실적인 능력 (감각발달)

– 관련개념: 물질세계가 돌아가는 원칙을 본능적으로 잘 이해함. 감각 즉 만지고 볼 수 있고 몸으로 느낄 수 있는 것에 관심 지대. 육체적 감각 매우 발달됨. 물질지상주의. 현실성. 인내심. 자기훈련과 자제심. 지속성과 끈기. 조심성. 잘 변하지 않음. 보수성. 현실에서 자기만의 안정된 공간을 갖는 것을 대단히 중시함. 안전, 안정이 평생 추구목표. 추상적인 개념을 싫어함. 촉감적인 옷을 좋아함.

– 해당 별자리: 황소자리, 처녀자리, 염소자리

– 해당 신체: 손, 눈, 감각(오감)

– 에너지 충전방법: 감각을 만족시키는 것. 안정을 확인하는 것.

– 행동유발요인: 감각의 만족, 구체적이고 현실적인 것에 대한 욕구

1. 전술사 The magician

전술사는 마상무예는 물론, 칼과 활을 자유자재로 다룰 수 있는 무예에 능한 조선시대 병사를 표현하였다. 전술사는 출중한 무예를 자랑하듯 어두운 밤에 허리에 칼(風)을 차고 불(火)화살을 당기어 강(水) 너머로 보내려하는 것 같다. 그의 뒤로는 말에서 막 내렸는지 백마가 그를 기다리고 서있고, 고인돌(地)이 달빛에 빛나고 있다. 그는 4대 원소인 불, 물, 공기, 땅을 우리 삶의 본질적인 성질인 각각 에너지와 진취성, 정서적 욕구와 반응, 사고와 지성, 물질세계와 감각을 발견하고 알아차려서 도움이 되게 이용할 수 있는 사람이다.

내가 잘 할 수 있는 것이 무엇이며, 자신의 능력을 스스로 어느 정도로 평가하고 있는지 자문하는 카드이다. 자신의 의지력을 활용하여 스스로의 자질을 향상시키고 개발할 수 있는 긍정적인 에너지가 있으므로 관계나 상황을 바꿀 수 있는 기회가 될 것이다.

🏵 의미적 성격

자신을 만들어가는 모습이라 아직은 미흡한 상태이다. 처음부터 성과를 낼 수는 없으므로 노력이 필요하고 자기개발을 준비하고 도전하는 자에게는 무한한 가능성이 있을 것이나 잔재주만 부리면 일은 불안정한 상태가 지속될 것이다.

자신감이 넘치고 지능은 좋으나 허황된 사람이 많고 꿈이 크나 시작만 강하고 끝이 없을 수 있다. 임기응변식 상황대처로 능수능란하고 달변가라서 사람들이 많이 따르고 쉼 없이 지식추구를 하는 사람이다. 주변의 사랑을 받는 재담꾼이라 호감 가는 형이다.

연애≫ 연애를 가볍게 여기는 마음이고 바람기가 있다. 젊음, 재치, 설득력 있는 유머가 있어 연상의 여인에게 인기가 많은 남자들이 많다. 그러나 연인관계는 늘 불안한 관계이다.

직업≫ 직업은 손재주가 많고 반복적인 것을 싫어하니 활동성이 있는 것이 좋다. 창의적이며 임기응변 처세술에 능하고 잠재능력이 있어 참신한 기획과 아이디어로 가업을 이어 받아도 성공한다. 그러나 장사하는 사람에게는 아직 체계가 잡힌 상태가 아니고 언제라도 접을 수 있는 상황이다. 엔지니어에게는 기술이 더욱 세련되어지고 발전성이 있다.
☆엔지니어, 세일즈맨, 약사, 의사, 화가, 제조업수공업, 헤어디자이너,

건강≫ 머리, 얼굴, 두통, 산만한 정신, 비염, 신경계통.

◆ 금전

과거- 긍정; 자신의 기술능력에 대한 신뢰가 있다. 돈은 조금 있으나
　　　변덕이 심하므로 한 가지 일을 꾸준히 하지 못하여 축적이 힘들다.
　　　부정; 과거 병이나 고통 손실을 경험해서 불안한 상태며 고통
　　　스런 현실이 많아서 피곤하고 힘든 상태다.
현재- 과도기 상태로 불안하고 고통을 받고 있거나 자기 신뢰가 지
　　　나쳐 능력을 제대로 발휘하지 못하는 상황이다.

미래– 과거나 현재에 유추해 시발점을 나타낸다. 힘든 상태이거나 자신을 시험하는 여러 가지 일에 계속 시달릴 것이다. 일이 꼬여 미래가 밝지 않으니 투자를 삼가라.

◈ 애정

과거– 여; 지나친 수다와 자만심에 도취되어 있다.

남; 의지가 지나쳐 상대방에게 고압적인 태도를 취하고 잘난 척하며 무시하는 경향이 있다.

현재– 상대방과 줄다리기 중인데 스스로를 신뢰하므로 주도권을 쥐고 있다. 현재 진행 중인 사랑은 늘 줄다리기이고 머리가 좋아 상대방의 생각을 추론하여 우습게 보는 경향이 있다.

미래– 긍정; 자신을 믿고 스스로의 의지대로 하라. 집착을 부려도 된다.

부정; 실패, 고통스럽고 손해가 있다.

◈ 학업

과거– 훌륭한 학업능력으로 피나는 노력이 있었다. 과거의 병이나 어떤 상황이 학업에 지장을 주었다. 잔머리를 쓰고 벼락치기 공부를 한다.

현재– 자신감은 있으나 병이나 주변의 압박 고통으로 제약을 받고 있는 상황이다.

미래– 자신감으로 머리를 믿고 게으르면 학업에 고통이 있다.

쉬어 가기

사람은 자기 자신을 알기 시작했을 때 비로소 인생이 시작된다.
그리고 인생을 알기 시작했을 때, 사람은 다른 사람을 이해하기 시작한다.
– 맥 그라한 –

충고는 눈(雪)과 같다. 조용히 내리면 내릴수록 마음에 오래 남고 마음에 스며드는 것도 깊어진다.
– 힐티 –

2. 난이 The high priestess

난이는 조선시대 마지막 황녀인 덕혜옹주를 모델로 디자인하였다. 그녀의 뒤로는 근정전(僅政殿)이 정면으로 자리하고 있고 근정전 지붕의 용머리에는 흰 초승달(진실)과 검정 초승달(위선)이 걸쳐져 있다. 근정전계단을 타고 흐르는 물은 더러운 것들을 정화시키려는 듯 끊임없이 흐르고 있다.

슬픈 모습에 그녀는 보름달 모양의 노리개를 달고 한 손에는 은입사귀면문철퇴(銀入絲鬼面文鐵鎚)를 들고 있다. 하늘에는 먼 곳을 향해 새가 날고 있으며 왼 편에 매화나무에서는 꽃잎이 떨어지고 있다. 오른쪽 기둥의 뱀은 그녀 뒤에 앉아있는 검정고양이에게 속삭이려는 듯 가깝게 접근하고 있다. 그녀의 손에 들린 귀면문의 문양은 재앙과 질병 모든 사악한 것을 막아내는 초자연적인 존재를 상징적으로 도안한 것으로, 초승달과 더불어 그녀의 직관적이고 영적인 힘이 느껴진다.

그녀는 또한, 서리와 눈을 두려워하지 않고 언 땅 위에 고운 꽃을 피워

맑은 향기를 뿜어내는 매화꽃처럼 어떠한 고난에도 신념과 태도를 표현하려는 듯 자신의 자리를 확실하게 차지하고 있다.

자신이 오르고자 하는 이상에 비해 현재 부족한 것을 채워나가야 할 때를 말해주는 카드다. 올바르고 부지런한 삶을 살아왔을지라도 현재의 나는 더 해나가야 하는 것이 많아 억울할 수도 있지만, 외부 세계가 아닌 내면을 살펴보고 통찰력을 가져야 할 때라는 것을 잊지 말아야 함을 알려주는 카드다.

🌸 의미적 성격

비밀, 신비, 학업, 자기성찰, 지혜, 능력을 뜻한다.

예의바른 사람이며 직감력이 강하다. 자신의 신분으로 인해 행동에 제약이 많고 스스로 그 제약 속에 있기를 원해서 조금은 깔끔하면서 차가운 경향이 있다. 새침한 아가씨 형이고 이상적인 사상을 가진 사람이나 이성적인 판단에 의해 중도를 걸으면서 살아가는 삶의 자세를 지닌다.

높은 지적 수준을 갈망해 책에서 진리를 얻기 때문에 조금은 답답한 면도 있으나 머리가 좋고 자기가 배운 걸로 일하는 사람이라 성실하고 착하다.

배움의 욕구가 강하고 체면과 교양을 중요하게 여기지만 냉정하고 도도해 보여 자신의 진실한 모습이 가려질 수 있다. 푸근함과 감성적인 성격의 소유자이나 소극적이어서 남에게 잘 드러나 보이지 않고 친한 사람 외에는 잘 만나지 않는다.

연애≫ 표현력에 세련미가 없어 연애를 잘 못하고 간혹 독신여성이 있으며 결혼도 늦어진다. 결벽증이 조금 있어서 섹스, 열렬한 스킨십보다는 가벼운 스킨십을 좋아한다. 외로움을 잘 느끼고 소심하며 소극적이어서 자신의 속마음을 잘 드러내 보이지 않고 상대가 적극적인 것을 원하여서 우유부단하게 끝날 수도 있다. 활동성이 없고 고백할 수 없는 사랑으로 짝사랑을 할 수도 있고 한 사람만 좋아하여 바람기는 없다.

금전≫ 돈에 대한 욕심은 있으나 크게 집착하지는 않는다.

직업≫ 시험 준비하는 사람에게 유리하고 공부와 연구에 운이 있다.

☆역술인, 무당, 산파, 교육자, 회계사, 관리자, 간호사, 의학 분야가 유리, 전문직, 공무원

건강≫ 자궁, 신장, 간, 오래된 병, 불임, 발열, 관절염

◆ 금전
과거– 과거 금전에 집착했거나 지혜가 필요했다.
현재– 지혜를 갖고 금전을 운용하지만 집착하지 않는다.
미래– 자신의 재능으로 금전 운은 나쁘지 않으나 아직 정해지지 않았다.(적당히 쓸 만큼 있다)

◆ 애정
과거– 지혜와 관심이 스스로에게 집중되어 타인보다 본인에 대한 애정이 더 깊다.
현재– 신비로운 여자로서 남성을 동반자로 인식하지 못하여 결혼을 전제로 사귀려는 마음이 없으며 남성이 애원하길 바란다.
미래– 남; 이상형을 만나게 될 것이다.
　　　여; 타인보다 자신에 대한 관심이 더 깊어 외로움을 달래려 남성을 사귀고 싶으나 성공확률은 낮다.

◆ 학업
과거– 지혜가 있어 나쁜 성적은 받지 않는다.
현재– 지혜는 있으나 학업에만 집착하는 것은 사회생활에 방해가 된다.
미래– 미래 운은 정해져 있지 않았으나 지혜와 직관력으로 해결할 수 있을 것이다.

3. 왕비 The empress

왕비는 조선시대 세종의 왕비인 소헌왕후(昭憲王后)를 참고하였다. 그녀의 화려하지만 헐거운 옷은 그녀의 뱃속에 태아가 자라고 있음을 짐작하게 하고, 옥좌에 차분히 앉아있는 아름다운 자태가 모성애를 느낄 수 있게 온화하고 안정되어 보인다. 그녀의 뒤로는 연회를 베푸는 경회루(慶會樓)가 위치해 있고, 그녀의 뒤로는 무르익은 곡식이 추수를 기다리듯 풍성하게 펼쳐져있고, 들판에는 신성함을 상징하는 사슴이 서 있다. 잔잔하게 흐르는 연못 위에는 태초의 꽃인 연꽃이 만개하고, 그녀 앞에는 자애와 어머니의 사랑을 뜻하는 당아욱이 피어있으며, 꿀벌이 그 위를 날고 있다.

다산을 상징하는 석류는 여성의 관능성과 성적 매력을 보여준다. 이 카드는 모든 생명의 원천인 대지를 상징하고 임신과 출산을 알려주며, 모성애에 대한 준비를 해야 함을 의미한다. 욕망의 관계가 아닌 건강하고 진실한 사랑의 결실을 말해주므로 신뢰가 담긴 보답과 만족스러운 결과를 기대할 수 있다.

때를 기다리는 인내는 헛된 시간이 되지 않을 것이며 그 희생 또한 값진 보상이 기다릴 것이다.
내 마음속에 화를 다스리는 자신이 어리석을 수 있다고 느끼겠지만 그만큼 성숙해지는 것을 알아차릴 수 있을 것이다.

🎎 의미적 성격

매력적이고 지적이며 영리하다. 외로움을 잘 느끼면서도 혼자 있기를 좋아한다. 외모가 빼어난 사람이 많고 활발하고 활동성이 강하다. 글이나 외국어에 관심이 많고 이에 관련된 일을 준비하면 성공할 수 있다.

자존심이 세고 고집스러우며 자기주관이 뚜렷함으로 어려운 임무를 맡는 경향이 있으나 일처리가 완벽해 큰 신뢰감을 주어 주위 사람들의 사랑을 받는다.

여성은 사회적 능력이 있거나 금전적으로 풍요하다. 남성은 섬세한 감정의 소유자여서 수다스럽고 사소한 일에 신경을 곤두세우고 잡다한 근심을 해서 스스로를 지치게 한다.

연애》 연애를 표현할 때는 소심하고 소극적이나 한번 연애하면 개방적이다. 교양 있고 지적인 사람을 좋아하고 이성적 사랑을 원하지만 결국 보호본능으로 연애의 결실을 맺는다. 결혼을 전제로 사귀기보다는 만남을 중시해 이루어지지 않는 사랑으로 끝나는 경우가 있다.

궁합에 미래 카드로 나오면 갈등이 있고 재미가 없다.

직업》 자신이 맡은 바 임무는 열심히 하며 끈기가 있지만 자신이 하기 싫어하는 일은 하지 않는다. 글이나 외국어에 관심이 많고 이에 관련된 일을 준비하면 좋다. 항상 업무가 과중(일복)하여 득보다 실이 더 많다.

☆작가, 기자, 교사, 사회운동가 , 간호사 , 평론가 , 공무원

건강》 두통, 스트레스, 갑상선, 화병, 울화병, 고민

◈ 금전

과거– 금전을 얻기 위해 의지를 가지고 노력했다.

현재– 사회적으로는 풍요로워 보이나 실속이 없어서 무시당할 수도 있는 상황 때문에 남들 몰래 노력한다.

미래– 주변에 의해 어려운 상황을 겪을 수 있지만 결실은 얻을 것이다.
(비밀스런 계획도 의지와 노력으로 실현하라. 금전은 풍족할 것이다.)

◈ 애정

과거– 이성에 대한 관심을 숨기는 소극적인 자세가 큰 벽이다.
(자존심을 낮춰라)

현재– 행복을 얻지 못했다면 스스로 성공을 자신하지 않기 때문이다.

미래– 주변의 불만은 당신의 의지에 영향을 주지 못하므로 자신의 원하는 원하는 결실을 얻는다.

◈ 학업

과거– 주변 도움 없이도 당신은 열심히 공부해왔다.

현재– 충분히 노력하고 있으나 만약 노력할 시기를 허비하고 있다면 정신 차려야 한다.

미래– 남들 보기에 미약한 결과일지 모르나 당신은 좋은 결과를 얻을 것이다.

 쉬어 가기

수비학(numerology)

라틴어로 숫자(number)을 의미하는 라틴어 누메루스(numerus)와 사고, 표현 등을 의미하는 희랍어 로고스(logos)에서 나온 것이다(Egloos, 2009).
1부터 9까지 숫자들의 속성과 관계를 묘사하여 각 숫자마다 특별한 의미를 지니고 있는데 고대인들은 수의 신비적인 속성 때문에 수비학으로 미래를 예언하기도 했다.

타로카드 용어 알기

1. 덱
◎ 덱은 카드의 대명사로 타로, 또는 카드와 비슷한 의미이다.
◎ 메이저 카드 22장과 마이너 카드 56장으로 구성된 총 78장으로 이루어져 있는 타로카드 1세트를 말한다.

2. 스프레드
◎ 스프레드란 '펼치다' '깔다' 라는 뜻으로 카드 배열을 뜻한다.
◎ 스프레드는 다양한 배열법과 고유이름을 가지고 있다.

3. 유저
◎ 타로를 읽어주는 사람을 뜻한다.
◎ 리더(Reader)라는 말로 통하기도 한다.

4. 타로저널
◎ 타로를 공부하면서 쓰는 일기 형식의 노트이다.

5. 셔플
◎ 카드를 '섞다' '치다' 라는 뜻이다.

6. 컷
◎ 자른다는 말로 스프레드를 배열하기 위하여 카드 큰 덩어리를 2등분 또는 3, 4등분 등으로 하는 것을 말한다.

7. 시커(Seeker)
타로를 상담하기를 원하는 사람을 뜻한다.

8. 덱 프로텍터
◎ 얇고 투명한 셀로판지와 같은 것으로 되어있어 카드 한 장 한 장에 끼워 넣어 카드에 더러움이 타는 것이나 훼손을 방지하기 위해 사용한다.

9. 스프레드 천
◎ 타로 카드를 펼칠 때 스프레드 아래 까는 천을 뜻하며 카드의 손상을 줄일 수 있다.

10. 클리닝(Cleaning)
◎ 타로 상담 전에 몸과 마음의 상태를 바르게 고쳐잡고 상담 후 다음 상담을 위해 카드를 정리하고 재준비를 하는 것이다.

4. 임금 The emperor

임금은 과학, 경제, 국방, 예술, 문화 등 모든 분야에 걸쳐 찬란한 업적을 남긴 위대한 성군(聖君)으로 존경받는 인물로 누구나 쉽게 배울 수 있는 문자체계인 훈민정음(訓民正音)을 창제한 세종대왕(世宗大王)을 모델로 하였다.

그의 뒤로는 왕의 존재를 대신할 만큼 중요한 의미가 있는 그림인 일월오봉도(日月五峰圖)가 위치하고 있다. 임금의 오른손에는 그가 대왕이라는 것을 보여주듯 옥쇄를 쥐고 있고 왼손은 자신의 업적이 담긴 훈민정음이 새겨진 두루마리를 들고 엄숙한 모습으로 거대한 왕좌에 앉아 있다. 왕비와 짝을 이루는 카드로 왕비가 여성성과 모성애의 상징이라면 임금카드는 부성애와 남성성을 나타낸다.

현명하고 분별력 있는 판단을 해야 할 때, 이성이 감성을 다스릴 필요가 있음을 말한다. 지금 자신에게 필요한 것은 주관적인 것보다 객관적인 것이 더 분명하고 정확하게 상황을 파악하도록 해야 한다는 신효가 될 것이다. 그리고 문제와 직면하여 스스로 독립적으로 일어서야 할 때임을 깨달아야 할 것이다.

🌐 의미적 성격

현실적인 남성상으로 책임감이 있어 남들을 도와주고 장남 장녀에게 많이 나오는 카드로 짓누르는 책임에서 자유로워지고 싶은 내면의 욕구가 있는 사람이다. 리더십이 있어 모든 일을 열심히 하며 열정이 있지만 자기욕심에 자존감을 살리고자 하고 보수적인 아버지 같은 성향도 있다.

연애≫ 상대에게 집착하고 간섭하는 것은 자신의 우월감과 위대함을 상승시키려는 의도이다. 고지식하고 보수적이며 다른 사람에게는 너그럽게 대해주지만 자신의 상대에게는 무뚝뚝하게 대한다.

여자는 순수하고 깨끗한 스타일을 좋아하고 은근한 사랑을 보여준다. 남자는 이기적인 사랑과 마초기질이 있지만 연상의 남자처럼 보호자의 행동을 하려고 해서 자기 마음을 잘 드러내지 않는다.

금전≫ 현재나 미래 배열에 나오면 돈복은 있어 사업이 잘 될 것이다.

직업≫ 일을 해결해내는 추진력으로 실제적인 힘과 권력을 잡는다.
 ☆건축가, 정치인, 외교관, 무역상, 금융업, 고위 간부, 공무원, 경찰

건강≫ 지방간, 심근경색, 협심증, 동맥경화

◆ 금전
과거- 금전적 손실의 배제를 최우선으로 생각하는 사람이나 현재 카드에
　　　손실이 나오면 정당한 결과였다.
현재- 정당한 방법을 사용하는 것을 최우선으로 하는 능력 있는 사람
　　　이며, 자신이 가진 것을 보호할 수 있다.
미래- 주변의 도움이 바탕으로 권력과 안정을 얻을 것이다. 자신도 타인
　　　을 도와주면 기쁨이 배가 될 것이다.

◈ **애정**

과거– 선택의 우선권을 가진 멋진 사람이다. 당신에게 정당한 권력이다.

현재– 지금 충분히 누리고 있으니 현재 상태를 유지하기 위해 남에게
고지식하고 보수적인 관념으로 피해를 주는 행위는 삼가라.
여자가 뽑았을 때 과도하게 상대의 의도를 넘겨짚어서 오해가
생길 우려가 있으니 의중을 잘 헤아려야 한다.

미래– 권위주의적 기질로 사람의 마음을 훔친 죄인이 될 것이다.

◈ **학업**

과거– 주변의 원조가 없었다면 불가능했겠지만 어쨌든 노력할 수 있는
여건이었다.

현재– 기대를 한 몸에 받고 있는 상태로 주변에서는 학업을 최우선으로
생각하고 당신을 바라본다. 공부는 당신에게 중요하다.

미래– 모든 상황을 자신에게 맞게 변화시키는 위대한 사람이다. 당신의
권력으로 또 다른 사람이 당신 자리에 설 수 있도록 자신의 시작을
잊지 말자.

쉬어 가기

타로 코칭

리더는 내담자가 모호하거나 혼돈된 상황, 불확실한 것이 무엇인지를
인지할 수 있도록 도와주는 사람이다.
리더는 "내가 맞지 않을 수도 있습니다. 그러나 카드에서는…… / 내가 느낀 것
은……" 이라는 의견을 내담자에게 알려주며 명료화와 명확성을 활용하여
풀어주어야 한다.

5. 스승 The hierophant

스승은 조선 왕조 역사상 가장 많은 임금을 섬긴 최고의 신하이자 정승으로 대쪽 같고 강직한 성품의 황희(黃喜) 정승을 모델로 하였다.

그는 조선시대 학자들의 일상복인 심의(深衣)를 입고, 정자관(程子冠)을 쓴 뒤 돗자리에서 정좌를 하고 있다. 그의 옆에는 조상의 뿌리를 중시여긴 민족성을 보여 주듯 제사에 쓰이는 대추와 밤이 놓여 있다. 한 손에 장인의 손으로 만든 전통과 정신문화를 상징하고 권위를 알 수 있는 대나무 쥘부채가 들려있고, 다른 한 손은 예절과 덕성을 뜻하는 예덕나무 꽃을 쥐고 높은 산 위에 홀로 있다. 그의 뒤로는 견고한 바위가 양쪽으로 놓여 있으며 바위틈을 비집고 나온 소나무 위에 고고한 인품을 보여주듯 학이 날개를 펼치고 서있다.

스승은 삶에서 다른 차원의 조언이 필요할 때 자각하게 해주는 인물이다. 이러한 자각은 인간을 도덕적이고 윤리적이게 만들며 지혜를 갖고 책임감을 느끼게 할 것이다.

🌐 의미적 성격

조언자 역할(들어주는 리더십)이나 보수적이고 고집이 있으며 잔소리가 많다. 남보기에는 강인해보여도 속마음이 여리고 감성적이어서 소심하고 소극적이며 유행에도 둔감하고 활동성이 없으며 우유부단함도 있다. 융통성이 부족하고 다혈질이나 남들에게 부드러워서 주변에 사람들이 많다. 도덕적이며 지혜가 많으며 정신적인 권력이 있다.

연애≫ 고집이 세고 보수적이기 때문에 상대가 지루해한다. 인자하고 이해심이 있으며 포용력은 있으나 친해지면 참견과 권위적인 가부장의 성향을 나타낸다. 남성일 경우 자기표현이 확실한 여성을 만나는 것이 좋다.
▶ 애인이 있는 경우 깊은 관계는 아니다.
☆회장, 종교인, 자영업(소규모일지라도 자기 것을 하기 원함),자문위원, 감독, 코치, 선생님, 공무원, 임대업, 부동산

건강≫ 흉부, 심장, 혈압계통, 경련, 혈액순환, 머리, 관철, 허리

직업≫ 남들 보기엔 돈 있어 보이고 직장도 좋아보여도 자신의 생각에는 전혀 그렇지 않다.
▶ 사업에 있어서도 겉으로만 돈이 있어 보이고 예상치 않는 지출이 있다.

◈ 금전

과거- 부모, 친척, 애인에 의해 금전적 선택권을 빼앗긴 상태이다.
현재- 친절을 구하는 사람이 있더라도 회수할 수 있는 가능성이 없기
　　　 때문에 조심하라.
미래- 결혼에 의해 금전적 권리를 배우자에게 예속당할 수가 있으니
　　　 자비심을 갖고 한 일이니 불편함을 느끼지 않겠다. 돈은 없다.

◈ 애정

과거- 한 눈에 반해서 상대의 조건이나 외모는 상관이 없다.
현재- 사랑에 빠진 상태로 안정적 결혼을 원한다.
미래- 결혼이나 연애는 종속관계가 아니니 긴장을 풀고 잘 생각해보라
　　　 결과는 해피엔딩이다.

◈ **학업**

과거– 의지와 상관없는 공부를 하고 있다.

현재– 새로운 선택을 할 여유가 없고 선택권도 당신에게 없다.

미래– 공부에 대한 미련으로 평생 공부만 하고 살 수 있으므로 빨리
　　　결과를 내라.

쉬어 가기

타로카드의 4원소(지·수·화·풍)의 특성–Ⅱ

● Water (水)

– 핵심개념: 깊은 정서, 동정심&느낌에 따른 반응, 민감성 (직관발달)

– 관련개념: 분위기에 민감함. 무의식세계에 조율. 직관이 발달. 영성. 심령.
깊은 관조. 환상성. 혼의 깊은 갈망을 실현하려는 본능적인 욕구. 사생활
의 비밀. 동정심과 자비심. 정서교감을 갈구함. 일에 대한 결정이 느낌에
좌우됨. 안전을 확인하려는 욕구. 굉장히 비현실적인면 지님. 상대에게
자신의 감정이입을 잘하며 상대의 감정을 내 감정처럼 이입해 쉽게 힘들
어지는 경향. 남의 감정을 잘 읽어냄. 정서적 충동이 있을 때는 에너지 흐
름을 걷잡지 못하고 정서가 움직이지 않으면 맥이 빠짐.

– 해당 별자리: 게자리, 전갈자리, 물고기자리

– 해당 신체: 느낌이 일어나는 가슴

– 에너지 충전방법: 감정경험. 느낌체험. 에너지가 고갈되면 본능적으로 상
대방의 감정을 건드려서 감정을 체험하려고 함.

– 행동유발요인: 정서적 갈망. 동정심. 영적인 동경.

6. 연인 The lovers

연인은 조선시대 소설의 애틋한 사랑 이야기 춘향전(春香傳)의 주인공인 성춘향과 이 도령을 모델로 하였다.

광한루(廣寒樓)가 있는 교각에서 연인은 서로를 사랑스러운 눈빛으로 마주 보고 있다. 활짝 핀 꽃창포와 밝은 태양도 이들을 반겨주는 것 같고, 상대를 향한 스스로의 선택이 신중하였음에 기뻐하고 있다.

정신적인 사랑과 육체적인 사랑의 합일체를 뜻하며, 상대나 직업의 선택에서도 올바른 길을 인도한다.

우리의 선택은 자신의 미래를 결정짓기 때문에 성숙한 통찰로 본능의 욕망을 견디고 진정한 선택을 해야 함을 나타내준다.

 의미적 성격

활동성이 있고 활발하여 사교성이 좋다. 호기심이 많고 성실하며 예술적 재능이 있다. 외곬수적인 성격이어도 타인들한테는 드러내기 않아 인기가 좋으며 자신이 좋아하는 사람에게는 굉장히 호의적이다. 가끔 부드러운 성격과 냉정한 성격이 공존하는 이중 감정적인 특이한 면도 보인다.

연애≫ 우정과 사랑의 선택의 갈림길에서 충동적이며 갈등이 있을 수 있으나 로맨틱한 사랑을 꿈꾸는 것으로 애정 운은 좋은 상태이다.
미래카드로 나오면 마음이 한 사람에게 있지 않고 변덕적이며 유혹에 약해서 정신적인 사랑보다 육체적 관계에 더 비중을 둘 수 있다.
▶ 3칼과 같이 나오면 삼각관계(불륜) 가능성이 강하다.

금전≫ 과거에는 별로 없었지만 현재 미래에는 상황이 나아진다.

직업≫ 일에는 새로운 변화, 취업, 이직 가능성, 도와주는 사람이 온다.
▶사업은 동업이나 체인점이 유리하다.
▶ 외국관련 업무와 해외여행 운이 강하다.
▶ 전공 분야를 선택할 사람은 유학이나 진학문제에 긍정적이다.
☆신경정신과, 화가, 방송인, 연예인, 의상디자인, 외국관련 업무, 메이크업, 쇼 호스트, 영화제작 관련, 봉사, 예체능, 그래픽, 프리랜서, 음악, 통역, 한의학, 사회복지, 중개인, 가이드, 서비스 업

건강≫ 심장, 허벅지, 정맥계통, 치질, 간, 허리, 변비

◈ **금전**
과거– 순수한 금전의 유혹에 빠졌거나 유혹에 넘어간 적이 있다.
현재– 아름다움을 추구하는데 소비하는 것이 거리낌이 없으나 자제하는
　　　편이 좋다.
미래– 금전적인 원인으로 재판을 진행한다면 결과는 좋다.

◈ **애정**
과거– 당신의 미모나 상대의 미모에 반해 사랑에 빠졌다.
현재– 현재 사랑을 구하고 있거나 진행 중인 상태이다.
미래– 사랑을 얻을 것이다.

◈ 학업

과거– 지식 자체의 순수함에 매료되었다.

현재– 학업에 깊이 빠져있다.

미래– 학업을 계속 진행할 것이다.

쉬어 가기

수비학 〈수의 특성〉

1–에이스(Ace)상징, 각 슈트의 뿌리, 본질, 잠재력, 창조, 시작, 인생 변화의 주기

2–1과 1의 관계의 시작, 조화, 균형, 지혜 추구, 양극의 성질, 갈등

3–최초의 완성수, 행운, 신성, 무한한 힘, 확장, 협력과 결실, 성장과 발전사회적 관계의 형성

4–최초의 합성수, 완성, 안정, 인내심, 질서, 신뢰감, 사방위, 조화, 4가지 요소 (물, 불, 공기, 대지)

5–변화, 진보, 불확실성, 소우주, 인간과 인간의 결합, 생로병사, 고뇌, 고통, 역경, 상실

6–여성과 남성의 결혼, 아름다움, 풍요로움, 협동, 균형, 책임, 자기희생적 3+3의 합, 우호적인 연합

7–영혼, 마법, 일주일의 순환 주기, 지혜, 분석적, 사색적, 회의적, 내면의 완벽함 추구, 3과 4의 합으로 목적을 향함

8–천국의 수, 위대한 어머니, 메비우스 띠 모양으로 창조적, 영원, 2(여성의 수)가 4(물질의 수)개가 모여 기존 힘에 강화와 이탈, 신성한 정의, 권력의 균형, 재물, 욕망의 통제

9–한 자리 숫자 중 가장 큰 수, 완성 직전의 기초 마련, 3+3+3=9로 완성된 세계, 신성함, 초월

10–끝과 시작, 완벽함, 새로운 주기의 시작

최초의 타로카드 색채

1900년대 초 인쇄기술의 한계로 제한적인 색을 사용하였던 타로카드에는 검정, 감청색, 살구색, 빨강, 하늘색, 금색, 흰색의 7가지 색상이 사용되었으나, 현대에 들어서는 다양한 색채로 된 카드가 많이 선보이고 있다.

타로카드에서 사용되었던 대표적인 색채인 검정, 감청, 하늘색, 흰색, 황금색, 빨강색의 의미를 살펴보면 다음과 같다.

검정색은 모든 색을 흡수한 색으로 원래 빛이 없는 카오스의 색이다. 헤아릴 수 없는 깊은 곳이며 땅 속에 매장된 석탄, 석유 또는 생명의 씨앗에 자양을 공급하는 비료 같은 존재이며 땅에 씨를 뿌려 수확을 돕는 부유함을 상징한다. 경우에 따라서는 무의식, 잠재의식의 세계를 상징하며 죽음, 연민, 깊은 잠, 슬픔을 나타낸다.

감청색은 땅 위나 땅 속의 물로서 어둠속에서 드러나는 밝음을 의미한다. 물질과 비물질의 다리로서 예지, 영감, 제도, 법 등을 나타내며 무한한 창조력이 잠재된 무의식을 상징한다. 인간의 영혼과 정신, 내면세계를 나타내는 색으로 쪽빛 또는 터키석 색으로도 통한다.

하늘색은 공기의 형태로 꿈같은 흰 구름이 담고 있는 수많은 수분 미립자인 하늘의 물이다. 잠시도 한자리에 머무르지 않고 끊임없이 움직이는 공기, 바람의 변화무쌍한 조화를 부릴 수 있는 색이다. 합리적 사고와 성찰, 의식의 색을 나타내기도 하지만, 꿈과 상상을 동시에 포함하기도 한다. 순발력과 끝없는 탐구의 지성 추구, 호기심과 교류, 사회성, 사교성의 상징한다.

흰색은 공기를 뜻한다. 흰색은 엄밀히 말하면 색이라 할 수 없다. 검정이 빛이 없는 색이라면 흰색은 색 전체 그 자체이기 때문이다. 종합적이며 포괄적인 색 전체로서 흔히 순결, 처녀성을 뜻하며 나이가 들어 머리가 하얗게 변하는 것을 예로 지혜를 나타낸다.

황금색 또는 노란색은 태양의 색이다. 노란 태양색은 세상을 밝혀주고, 따뜻하게 하는 에너지를 품고 있다. 태양 색으로 흰색도 포함되는데 중천에 떠있는 해를 정면으로 응시해 보면 고정관념과는 달리 분명 찬란한 흰색이기 때문이다.

빨강색은 생명력과 에너지를 나타내는 태양의 색이나 그것은 불길함, 불같이 뜨거운 파괴성과 맹렬성을 상징하는 행동적이며 물질적인 빛의 색이다.

살구색은 자연의 색이 아닌 인간이 만들어낸 색을 의미한다. 인간의 손으로 창작, 창조한 사물로 보면 흰색과 빨강색을 동시에 담고 있는 연분홍색에 가깝다. 살구색은 지상적이며 물질적인 사랑의 빨강과 신성한 흰색의 사랑을 동시에 이루어 낼 수 있는 가능성이 있는 색인 것이다.

타로카드의 검정, 빨강, 흰색은 연금술의 3대 색상이고, 연금술의 변화를 일으키는 당사자인 인간을 살구색으로 의미 부여를 하였다. 다른 영역에서는 검정, 감청, 빨강의 지상적이며 현세적인 세계의 영역을 나타내며 하늘색, 노랑 또는 황금색, 흰색의 상징은 무한대의 세계를 의미한다. 그리고 그 사이에 영겁의 변화, 변모를 거듭하는 인간의 상징인 살구색의 7가지 색으로 타로카드가 채색되어 있다.

7. 거북선 The chariot

거북선(龜船)은 임진왜란의 비밀병기로 일본 수군을 맞아 맹활약을 펼쳐 승리로 이끌었다. 거북선 위 인물은 탁월한 전략과 능수능란한 전술로 일본 수군과의 해전에서 연전연승하여 나라를 구한 성웅(聖雄) 이순신을 모델로 하였다. 뛰어난 지략을 펼치며 망설임 없이 진격을 지휘하는 그의 모습은 승리를 확신하듯 밀어 붙이고 있다. 그가 지나온 바다는, 난파되어 부서져 불타는 적군의 배로 가득하다.

몸과 마음, 영혼이 강한 지도자의 패기는 자신의 힘과 절제로 모순을 다루고 대처할 수 있는 조화로움도 갖추고 있어 그의 활약은 더욱 빛이 난다. 이제 갈등과 투쟁의 시기가 왔음을 인지해야 한다. 자신의 야망만 쫓기보다는 삶의 방향을 잘 찾아 장애물을 차분히 극복하고 자신을 통제할 수 있는 힘을 기른다면 승리는 보장된다는 것을 알려준다.

🐢 의미적 성격
진취적이고 추진력이 있어 용기와 자신감이 충만하다. 냉정, 냉철하며 이기적이고 직선적이며 거침이 없어 밝은 성격이나 일시적인 기분으로 이해심이 적을 수 있고 급한 성격이어서 다혈질 기질이 있다.

자신이 책임지고 있는 사람들에 대한 의무감으로 여성적 기질과 남성적 기질이 대담하게 조화되어 잘 헤쳐나간다.

연애≫ 적극적인 애정 공세를 하나 불만이 있고 떠나는 마음이 있다. 사귄지 얼마 안 되는 커플은 좋아지려하고 오래된 커플은 헤어지고 싶은 마음이다. 떨어진 커플은 떠나는 마음으로 집중하지 못할 수 있다.

직업≫ 어떤 일이든 잘 풀려나간다. 사업 운에서는 매우 좋다. 반복적인 일을 싫어하고 창의성이 있고 한 군데 오래 머물지 못한다.

☆레저 분야, 승마, 여행사, 해운, 항만, 사업가, 택시나 버스(운송업), 택배회사, 군인, 경찰, 정보통신, 항공사, 유통업, 출판, 사업가

건강≫ 반사신경이 좋고 활동적인 운동을 좋아한다.

근육계통, 관절염, 당뇨, 멀미, 면역성 저하, 전염병, 풍토병

◈ **금전**

과거– 문제를 안고 있었다.

현재– 현 상태에 순응하는 편이 좋다. 일이 잘 풀린다.

미래– 경쟁에서 승리한다면 돈이 많이 생겨 원수를 갚을 수 있다.

◈ **애정**

과거– 문제를 안고 있었다. (불만이 있어 떠나는 마음이 있다)

현재– 이기적이기 때문에 마음을 닫고 있다. 승리를 원한다면 적극적인
　　　자세를 취하라.

미래– 미래는 신의 섭리와 인과응보에 달렸다.

◈ **학업**

과거– 입시, 시험같은 전쟁상태에 있었다.

현재– 전투 상태에 있으나 현재의 어려움은 미래에 갚을 수 있다.

미래– 신의 섭리대로 노력한 대가를 얻는다.

8. 용기 Strength

용기의 모델은 허균의 한글소설 홍길동전(洪吉童傳)의 주인공인 지략파 의적 홍길동이다. 그는 무술, 학문, 점술, 용병술, 초능력에 두루 능한 도적으로, 탐관오리들을 조롱하고 나라를 침략하는 오랑캐를 토벌하 는데 거침이 없는 사람이었다.

한국을 상징하는 태극문양의 머리띠를 두른 그는, 입을 벌리고 있는 맹 수인 호랑이를 부드럽고 쉽게 다스리고 있다. 뒤로 펼쳐진 대나무(竹) 는 그의 꿋꿋한 지조를 나타내고, 불변의 바위 위에 눈은 불의에 대한 저항을 나타내나 그 속에 피어나는 작은 꽃은 그의 심장에 깊은 인간애 를 보여주고 있다.

내면의 사나운 이기심은 교만을 부리고 분노하게 만들 수 있다. 자신의 유능함을 자만하여 승부욕에만 집중하기 보다는 타인과 잘 융합하는 상황으로 만들기 위해서는 힘, 용기, 인내와 자기훈련이 필요하다는 것을 알아야 할 것이다.

🌸 의미적 성격

승부욕이 있고 강인한 정신력으로 생활력은 강하나 간혹 변덕이 있다. 포용력과 용기, 자신감, 의지력을 소유하여 자신의 역량을 분별력 있게 사용해서 승리를 쟁취한다. 권위와 권력에 관심이 많아 주관이 뚜렷하고 독립심이 강하여 다혈질적이고 융통성이 없는 경우도 있다.

화끈한 성격으로 거리낌이 없어 누구하고나 쉽게 친해지며 사교성이 있는 원만한 성격이다.

연애≫ 성적 매력이 있고 자존심도 있으나 진정한 사랑을 원하고 집착하여 권위적인 사랑과 일방적인 감정표현(자신의 이미지 속에 가두려하거나 자기 기준을 앞세움)을 한다. 계산적인 면이 있고 변덕이 심하며 마음이 불확실하니 끈기를 가져야 한다. 미래의 애정 운은 좋아질 것이나 진정한 사랑을 원한다면 고집피우지 않는 것이 좋겠다.

금전≫ 돈은 좋아하지만 개념이 부족하여 모으질 못한다. 과거에는 없었지만 현재는 자신의 노력으로 나아지고 있다.

직업≫ 사법, 행정고시를 치르는 사람이 뽑으면 좋다. 어려운 일을 앞장서 처리하고 일은 책임감으로 하기 싫어도 열심히 한다. 직장 환경도 과거에는 상황이 안 좋았지만 현재에는 나아지고 있다. 방향은 확실하나 마무리가 막막할 수 있으니 추진력을 발휘해야 해결된다.

☆검사, 경찰공무원(특히 강력계 형사), 운동선수 ,대변인, 육체노동자, 조련사, 수의사, 치과의사, 헤어디자이너, 상담가

건강≫ 혈압, 디스크, 근육계통, 스트레스, 고관절, 신경계통, 심장

◈금전

과거– 순수한 용기를 갖고 노력했다.
현재– 노력이 필요하니 당신의 에너지를 충분한 행동으로 소비하라.
미래– 활력이 넘치는 의지의 소유자니 미래를 얻을 에너지를 갖고 있다.

◆**애정**

과거– 용기를 갖고 노력해왔다.

현재– 용기가 필요한 시기인 만큼 충분한 에너지를 발산하라.

　　　끈기를 가지고 노력하면 원하는 사랑은 얻는다.

미래– 결과에 만족할만한 진정한 사랑을 얻을 것이다.

◆**학업**

과거– 매일 노력으로 채워왔다.

현재– 현재에 충실하며 열심히 한다.

미래– 굉장히 열심히 해서 결과에 만족한다.

쉬어 가기

타로카드의 4원소(지·수·화·풍)의 특성–Ⅲ

● Fire (火)

– 핵심개념: 진취적으로 활기와 자신감을 발산 (직감발달)

– 관련개념: 두려워하지 않음. 충동적, 열정적, 힘이 넘침. 참고 기다리지 못
함. 노골적으로 솔직함. 외향적. 거리낌 없는 자기표현. 리더십. 자기과시
욕. 현실성을 고려하거나 그 일을 해야 하는 이유를 따지기 전에 열정적으
로 행동에 뛰어든 경향. 힘든 일에 도전하고 힘을 쓰는 것.

– 해당 별자리: 양자리, 사자자리, 사수자리

– 해당 신체: 심장

– 에너지 충전방법: 힘든 일에 도전하고 힘을 쓰는 것

– 행동유발요인: 영감, 직감, 열망.

9. 현인 The hermit

현인은 조선의 문신이자 실학자 · 저술가 · 시인 · 철학자 · 과학자 · 공학자인 다산(茶山) 정약용을 모델로 하였다.

그의 흰 수염은 오랜 삶을 인내하며 살아온 사람으로 보이고 그의 흰옷과 지팡이는 내적인 힘을 간직한 현인이라는 것을 의미한다. 그의 손에는 내제된 지혜를 상징하는 등불이 들려있고 자신의 업적과 지혜가 담긴 서책을 팔로 안고 있다. 그가 서 있는 곳은 고산지대로 눈이 내리고 있고, 아무도 찾아오지 않는 곳으로 고요하고 쓸쓸하여 세속(世俗)과는 다른 세계처럼 보인다.

그는 맨발로 눈 쌓인 땅(地)을 밟고, 초롱(火)을 들고 폭포(水)가 흐르는 높은 산에 영혼을 상징하는 나비(風)가 그의 머리 위로 날고 있다. 이로서 그는 4원소를 다스릴 줄 아는 사람이고 밖의 세상보다는 내면의 성찰과 성장에 힘을 쏟고 있다.

우리는 인생이 이향저 활동으로부터 천수채야할 때인은 알고 조용히 뒤로 한발 물러나 홀로 인내와 지혜를 얻어야 할 때가 있다. 스스로 외로움을 이겨내야 하고 아픔을 감내해야한다. 그러나 이것들은 시간이 해결해줄 뿐 지금은 아무것도 하지 못하니 답답하여도 경솔한 행동은 삼가고 수행 하는 마음을 가질 때이다.

🏵 의미적 성격

산전수전 다 겪은 후 삶의 지혜를 터득한사람으로 외골수 성격에 고집이 세고 성실하지만 하기 싫은 일은 절대 안 하는 답답하고 부정적인 상황이 많다. 자기 생각이 많은 사람으로 지지부진하고 고독, 지혜, 인내, 탐구, 연구, 지식이 많고 신중한 면이 있으나 자신의 세계관이 강하여 현실에 뒤떨어질 수 있다.

연애≫ 마음을 숨기고 즐기지 않는다. 스스로는 서툰 연애를 하지만 조언자 역할을 좋아한다. 쉽게 사귀지는 못하지만 좋아하는 사람에게는 집착과 미련이 있다. 고집과 고정관념으로 진지한 사랑을 위해 기다린다. 정신적인 사랑을 원해 상사병을 앓을 수도 있다. 자신이 가지지 못한 점을 가지고 있는 존경할만한 사람이 좋다.

▶궁합자리에서는 양쪽이 좋은 카드일 때 서로 존경하고 좋지만, 안 좋은 카드일 때 성적으로 안 맞고 부부관계가 없다.

금전≫ 성실하고 돈은 중요시 여기지만 융통성이 없다. 아직 시기와 때가 아니니 기다리면 시간이 해결해 줄 것이다.

▶사업적으로 돈을 쫓기 보다는 명예를 중시하라.

직업≫ 성실성이 있으니 학업 관련으로 소신을 갖고 꾸준히 한다면 긍정적 결과를 얻는다.

▶연구를 업으로 삼는다면 좋다.

☆의사, 한의사, 연구원, 탐험가, 천문학자, 교육자

건강≫ 노화, 시력, 뼈 ,무릎관절염, 신경계, 면역력 저하

◈ 금전

과거– 사기당한 과거가 있지 않은가?(침울한 기억)

현재– 돈을 빌려주거나 투자를 해서 사기당한 상태인가?
　　　(금전 거래를 하지 말고, 투자도 더 생각해야 함)

미래– 사기를 당하거나 파산할 수 있으니 기다려야 한다.

◈ 애정

과거– 좋아하는 사람에게 마음을 숨김으로 진행이 더디다. 상대방이
　　　나의 행동을 애정이라고 오해한다면 재검토할 필요가 있다.

현재– 위선적인 행동을 했거나 당한 상태로 피해의식, 열등감으로
　　　정지 상태로 답답하다

미래– 배신과 같은 좋지 않은 결과, 만족하지 못한 결과를 낳는다.

◈ 학업

과거– 본인 실수로 스스로에게 속은 적이 있다.(어리석은 사람, 순수한
　　　사람에게 주로 나온다)

현재– 현실을 직시하지 않고 있다.

미래– 공부를 좋아 하지 않아 잘못된 조언자에 의해 불행한 결과를
　　　낳는다. (취업보다는 학업 운이 더 좋으니 공부에 전념하라)

쉬어 가기

명료화

상담이 이루어지는 초기에 내담자가 스스로 발견하도록 도와주는데 유용하고
리더가 내담자에게 자신의 상황인식을 능동적이며 적극적으로 알려주는
활동이다.

명확화

리더의 질문을 통해, 내담자가 상황을 정확히 인지하도록 돕는 것으로서
현재 원하는 것, 필요로 하는 것, 체험되고 있는 정서거리, 적절한 표현력 등에
머뭇거리거나 말로 풀어내지 못하는 경우에 불명확한 것을 정리하고
더 나아가도록 돕는 것이다.

10. 운명 Wheel Of Fortune

운명은 물이 떨어지는 힘으로 바퀴를 돌리는 전래 농기구의 일종인 물레방아를 디자인하였다. 물레방아의 바퀴는 우주의 영원한 순환과 우리 삶의 흐름을 나타낸다. 물레방아 네 모서리는 왼쪽 아래부터 오른쪽으로 봄, 여름, 가을, 겨울의 4계절을 표현하였다.

봄은 분홍 진달래로 상징화하여 그려져 있고 여름은 만개한 연꽃이 자리하고 있다. 가을의 상징인 단풍과 겨울을 나타내는 눈 쌓인 사철나무를 표현함으로서 인간의 삶이 반복적으로 윤회하고 있다는 것을 알 수 있다.

우리의 인생은 바른 궤도로 올라왔다 하더라도 언젠가는 다시 아래로 추락할 수 있는 새옹지마(塞翁之馬)이다. 하지만 우리는 긍정이든 부정이든 수레바퀴의 회전은 과거나 현재의 결실의 결과라는 것을 잊지 말아야 한다. 앞으로 새로운 시작과 더 나은 쪽으로 전환점을 생각할 때 유리하게 작용될 수 있다.

🌀 의미적 성격

불행이든 행운이든 변화가 다가온다. 예상치 않는 행운이 들어 올 것이니 기회를 잡는 것이 좋다. 자신을 잘 드러내지 않으나 뜻이 맞는 사람과는 의사소통이 원활하며 신뢰감이 돈독해진다. 식구들에게서 기대를 받는 사람에게 많이 나오고 한국에서 살려고 하는 외국인에게는 좋은 카드다. 중재카드로 운명의 수레바퀴 하나로만은 해석이 모호하다.

연애》 행운의 여행 기회를 잡아라. 속전속결로 해야 유리하다. 일대 변환기로서 첫눈에 반할 상대를 만나 행복한 결혼을 할 운이다. 과감하게 프로포즈를 시도해도 된다. 움직이는 사랑의 개념도 가지고 있어 관계가 위기에 왔을 때 전환점을 잘 찾는다.

▶현재카드에 나오면 무기력한 사랑에 빠져 무관심하게 된다.

▶미래카드에 나오면 운명적 사랑으로 앞으로 좋아질 것이니 머뭇거리지 말고 추진하라.

▶정의카드가 운명의 수레바퀴와 궁합자리에 같이 나오면 좋은 상태다.

금전》 뜻하지 않는 돈이 생기거나 좋은 제안을 받을 수 있다.

직업》 직장은 승진, 이직 변화가 있다. 자연스러운 변화가 자주 일어난다. 동업은 좋지 않으나 가족과 함께 하거나 집안과 관련된 가업을 이어받으면 좋다. 승승장구 한다고 자만하게 굴지 말고 조언과 충고를 받들어 겸손하게 행동하라.

☆파트타임, 영화, 영상, 생명공학, 유전공학, 항공사

건강》 호흡기, 혈액순환장애, 신경불안, 두통, 수족냉증

◈ 금전

과거– 충분히 부유함을 누렸다.

현재– 충분한 상태이다.

미래– 풍족한 부유함을 누릴 것이다.

◆ **애정**

과거–행복했었다.

현재–긍정: 행복하다. 부정: 무관심하다

미래–좋은 결과와 결실이 맺어진다.

◆ **학업**

과거– 행복한 운명이었다.

현재– 운명이 당신을 이끌어 갈 것이다.

미래– 행운이 함께 할 것이다.

한 달(月) 운세 타로 배열법

한 달은 28일~31일로 구성되어 있어 평균 30일로 잡고 4주로 균등하게 나눈다.(달력의 주차 구성과는 상관이 없다)

첫째 주는 1일에서 7, 8일까지

둘째 주는 15, 16일까지

셋째 주는 21, 22일까지

넷째 주는 말일까지로 생각하면 된다.

❶ ❷　❸　❹　❺	1. 이번 또는 다가올 달의 　 기본적인 상황 2. 달의 첫 번째 주 3. 달의 두 번째 주 4. 달의 세 번째 주 5. 달의 네 번째 주

11. 정의 Justice

정의 카드는 국가적 정사를 논하고 백관을 감찰하며, 기강과 풍속을 바로잡고 억울한 일을 살펴 공무를 집행하는 조선시대 관청을 배경으로 하고, 포도(捕盜)대장을 모델로 제작하였다.

그는 한 손으로 냉철한 진실의 필요성을 상징하는 칼을 들고 다른 손에는 균형과 공정함으로 어느 한쪽으로 치우치지 않으려는 의지가 담긴 저울을 들고 있다. 태양을 정 가운데 두고 등진 그는, 태양의 눈부심으로 영향 받지 않고 사실 판단에 도덕적 원리를 기초로 객관적 평가와 판단을 하기 위함이다. 그의 발 밑에 피어있는 용담은 그가 강직한 법의 수호자라는 것을 나타내고 있다.

우리는 가끔 진실을 위해 투쟁해야 할 때가 있다. 올바른 선택을 해야 한다면 본능을 넘어서 균형 잡힌 사고와 공정한 결정이 정의를 위해 필요하다는 사실을 알아야 한다.

🏅 의미적 성격

성격이 좋고 활발하여 남을 잘 배려하면서 지내고 열심히 일하는 사람(책임감, 성실)이나 우유부단한 면도 있다. 합리적인 평가, 신중, 조화, 결단, 공정한 판단을 좋아하고 옳고 그름이 뚜렷하나 할까 말까 갈등이 많다. 결정하기 힘들어도 확신을 가지고 결정을 해야 하므로 확실한 준비가 필요하다. 법적인 상황에서는 주변 카드가 좋으면 반드시 이긴다.

▶남자―옳고 그름에 대한 사려가 깊고 정확한 판단력을 가진 사람으로
　　　　부드럽지만 진취적이진 않다.
▶여자―똑 부러진 성격이라 애인보다는 믿음직한 남자친구가 많다.
　　　　여장부 같은 행동을 하나 속에 감춰진 애교가 매력적이어서
　　　　애인과는 원만한 사이를 만든다.

연애≫ 소심하고 마음이 여린 면이 있어 좋아하는 이에게는 애정표현 못한다. 이해력이 좋고 대인관계도 좋아 애인보다는 좋은 친구 비중이 커서 좋은 친구로 만들 가능성이 높다. 결단을 내리지 못하고 시간을 허비한다면 결국은 이별을 하게 될 것이니 자신감을 가지고 표현하라. 신중한 연애관으로 조화로운 관계를 유지하며 우정에서 사랑으로 변하는 것이 좋다. 그러나 처음부터 친구로 단정 짓는다면 사랑이 싹트기는 힘드니 유념하라. 10번 운명의 수레바퀴 카드와 궁합자리에 나왔을 때는 좋은 궁합이다.

금전≫ 노력한 만큼 받고 주변 상황에 빠른 판단으로 확실한 배당금(유산상속)을 얻는다.

직업≫ 공직에 있는 가족이 있거나 공무원에 뜻을 둔 사람이 많다. 불특정 다수의 사람과 만남을 좋아 하지 않아서 안정된 직업을 갖는 것이 좋다.
▶에이전시, 통역, 관광 가이드 ,항공 승무원에게 좋은 일이 생김
▶무역업에 종사하는 사람에게 많이 나오고 외국과 수입, 수출 관리업자한테는 좋다.
☆법조인, 중개인, 소송 대리자, 경매인, 분석가, 에이전시, 통역, 가이드, 승무원, 관리자, 공무원

▶에이전시, 통역, 관광 가이드 ,항공 승무원에게 좋은 일이 생김

▶무역업, 외국과 수입, 수출 관리업자한테는 좋다.

건강≫ 허리, 폐, 귀, 눈, 각막(이비인후과), 비만, 신장

◈ 금전

과거– 능동적으로 적절한 수완을 부린다.

현재– 자신의 몫을 정당하게 받고 있다.

미래– 결과는 공정하며 제대로 될 것이다.(노력한 만큼의 대가)

◈ 애정

과거– 신중하기 때문에 공정한 선택을 했다.

현재– 성격이 좋고 조화로운 관계를 우선으로 하기 때문에 누가 봐도
　　　옳다.

미래– 좋은 결과이나 애정표현을 하지 않으면 흐지부지 끝날 수도 있다.

◈ 학업

과거 – 본인선택이 옳았다.

현재 – 옳은 선택을 한 것이다.

미래 – 한만큼의 공정한 결과를 얻을 것이다.

쉬어 가기

메이저 아르카나의 수평적 관계

*의식-실용적인 면
1전술사, 2난이, 3왕비, 4임금, 5스승, 6연인, 7전차

*초의식-정신적인 면
8용기, 9현인, 10운명, 11정의, 12매달린 사람, 13저승, 14절제

*무의식-영적인면
15도깨비, 16붕괴, 17별, 18달, 19해, 20업보, 21세계

12. 매달린 사람 The lone man

매달린 사람은 흰색 평민복장을 하고 황량한 물가에 메마른 뿌리로 바위를 붙잡고 겨우 지탱하는 나무에 거꾸로 매달려 있다. 손은 뒷짐을 지고 있다. 그의 얼굴은 겁을 먹고 있기 보다는 체념한 듯 평온해 보이고 그의 뒤에 붉은 석양은 하루가 저물고 있음을 보여준다. 그는 자신의 엽전이 떨어지는 것도 개의치 않고 세상에 대해 조용히 숙고하는 모습이다. 머리가 강물에 곧 빠질 것같이 다다르지만 묵상을 하는지 전혀 불편한 기색이 없다. 나무 위 까마귀는 불길한 징조를 나타내기도 하지만 늙은 어미를 보살피는 유일한 새로 효를 상징하고 태양신의 사자(使者)로 표현되기도 한다. 나무와 그의 몸에 연결된 거미줄과 강물 옆 노루귀꽃은, 그가 오랜 시간 인내로 버티어 왔다는 것을 말해 주고 있다.

우리의 인내와 희생은 지금보다 더 가치 있는 것을 얻고자 할 때 필요하다는 것을 알고 있다. 때로는 조급한 마음과 집착을 버리고 두려움과 걱정을 떨쳐낸 후 가슴 깊은 곳에서 깨닫게 되면, 성숙과 성장으로 인해 새롭고 더 향상된 인생길이 보일 것이다.

✿ 의미적 성격

편집성이 있어 자기가 즐거워하는 것에 빠질 수 있다. 술, 게임 등에 호기심이 많고, 어린애 같은 면이 가끔 실수를 유발하니 자기 성찰을 게을리 하지 말라. 변덕이 많고 싫증을 잘 느껴서 지구력이 약하고 충동적이고 일시적인 기분에 치우쳐 행동할 수 있으니 집중하여 뜻을 이루어야 한다.

연애≫ 연상의 여인과 인연이 많고, 간혹 독신주의도 있다. 늘 중간에서 저울질하며 갈등하지만 시간이 흐르면 코가 낀 상태(동거)로 심한 갈등이 있어도 쉽게 헤어질 수 없다. 오래 사귄 커플은 결혼하는 경우가 많으므로 미혼의 경우에는 사귄 사람과 결혼가능성이 있다.

금전≫ 사업을 하려거나 생계 취업을 원하는 사람에게는 좋지 않는 상황이다. 돈은 아직 별로 없으므로 모으는 일에 몰두하라.

직업≫ 계약직 일이 많아서 할까 말까 갈등하고 그만두고 싶지만 해야 하는 상황이 이어질 것이다.

▶공부하는 사람에게 이 카드가 나오면 집중할수 있는 좋은 기회이다.

☆심리학자, 연구원, 실업자, 정신과전문의, 의료인, 매니아

건강≫ 약물중독, 알코올, 건망증, 신장, 요도, 원기부족, 간 기능

◈ 금전

과거– 현재를 위한 과거의 희생이 지혜로웠다면 예견한 대로 멋진 결과
　　　를 얻을 것이다.

현재– 금전적 재판이 진행 중이거나 금전적으로 영향을 미칠만한 사건이
　　　진행 중이다.

미래– 뿌린 대로 긍정과 부정이 나뉜다. 현재 배열된 카드에 따라 결정
　　　된다.

◈ 애정

과거– 희생했다면 긍정적, 신중하지 못했다면 부정적으로 그 당시의
　　　판단을 통해 현재카드에 반영된다.

현재– 두 사람 사이에 고민하고 있다면 신중하게 선택하라. 스스로 한 생각이 들어 맞을 것이다. 악마카드와 같이 나오면 동거 상태일 가능성 있다.

과거– 현재 카드에 예견한 결과, 지금 만나는 사람과 인연이 깊다.

◈ **학업**

과거– 당신이 지혜롭게 공부하기 위해 즐거운 생활을 포기했다면 좋았을 것이다.

현재– 혹시 지금 시험이 진행 중인가? 신중한 때이니 지혜를 모두 사용해 미래를 만들어라.

미래– 현재 많은 희생을 했다면 긍정적인 결과, 너무 신중했다면 중립, 미래를 위해 아무것도 하지 않았다면 부정적 결과이다.

쉬어 가기

타로카드의 4원소(지·수·화·풍)의 특성-Ⅳ

● **Air (風)**
 – 핵심개념: 지각하고 인지하고 표현하는 능력 (생각발달)
 – 관련개념: 관념세계에 조율. 마음속으로 생생한 그림을 그리는 능력. 합리적인 추리. 객관인 조망과 관찰. 이해하고 표현하려는 욕망. 관계와 사회성에 대한 갈구. 의사소통에 대한 갈구. 상대에 대한 인식. 개념과 원리에 대한 이해.
 – 해당 별자리: 쌍둥이자리. 천칭자리. 물병자리
 – 해당 신체: 머리
 – 에너지 충전방법: 새로운 정보를 수집하는 것
 – 행동유발요인: 지적욕구. 사회적인 이상

13. 저승 death

저승 카드는 저승에서 죽은 사람의 넋을 데리러 온다는 사신인 저승사
자를 모델로 디자인하였다. 배 위에 저승사자는 검은 옷에 검은 갓을
쓰고 한 손에는 붉은 생사부(生死簿)를 펼치고 있으며 다른 손에는 영혼
을 담는 호리병을 들고 있다. 저승사자 옆을 지키며 날고 있는 '불인(不
仁)과 악인(惡人)'의 상징인 올빼미가 보인다. 그러나 그의 앞은 새끼줄
에 고추, 솔잎, 숯, 흰 종이가 달린 금(禁)줄이 성역의 공간처럼 경계선
을 만들어 놨다. 금줄의 안에는 이제 갓 태어난 아기가 강보에 싸여 방
긋거리며 웃는 평온한 모습이다. 죽음은 인간에게 두렵고 공포감을 느
끼게 한다. 그러나 죽음은 삶 없이는 존재할 수 없기에 삶이 영원히 사
라진다면 죽음 역시 의미가 없어진다. 곧 삶과 죽음은 공존한다는 것을
알 수 있다. 죽음은 또 다른 재탄생으로 새로운 삶의 기회를 암시한다.

모든 것은 시작과 끝이 있기 마련이고, 우리의 시간과 감정도 그 궤도
를 순환하며 변화하고 성장한다.

우리는 두렵고 괴롭고 상실과 비탄의 후회스러운 과거의 사건들을 깨끗이 청산하고 새로운 것을 받아들일 준비가 되어있다면 그 결과로 큰 변화가 일어나서 미래는 더 좋아질 것이다.

🏵 의미적 성격

환기, 물갈이, 개혁, 대변화, 갱신, 죽음, 이별, 재건축, 덧없음, 순환, 환생의 의미를 갖는다. 인생역전, 환골탈퇴, 과거와 단절한 새로운 시작이나 해방감이기 전에 가슴 아픈 사연을 간직하고 있다.

변덕도 있으나 영리하고 냉정하고 자신의 속내를 잘 말하지 않아 부정적이고 우울한 감정을 지닌다. 크게 변화를 결심한 사람이거나 사업에 실패를 보는 사람이 새로운 일을 계획하고 진행시키는 것에는 희망을 준다. 반면 별 걱정 없는 사람에게는 환란이 닥칠 것을 예고하므로 주변의 요구와 유혹을 멀리 하는 것이 좋다.

연애≫ 헤어졌거나 크게 싸웠다가 다시 만난 연인이나 다시 헤어질 수도 있다. 뜨거운 사랑을 원하나 서툰 연애로 이별이 잦다. 불운의 만남으로 불행한 사랑을 할 수도 있다.

직업≫ 종결되어 새로운 일로 시작하는 단계이므로 준비성(약 6개월 정도 시간을 할애하라)있게 시작하라.
세밀함과 정교함을 요구하는 직업이 많다.
▶큰돈이 오가는 사업가에게 많이 나오는 카드이다.
☆외과의사, 한의사, 약사, 침술사, 금속세공(감정), 조각가, 기공, 정신세계 연구자

건강≫ 우울증, 비관적 삶, 골수 질환, 원기약화, 체중감소, 칼슘부족

◇ 금전

과거- 금전적으로 큰 문제 직면하여 괴로웠다.
현재- 부족한 금전 운에 시달리고 있다(금전이 늦게 들어온다).
미래- 남는 것이 없는 좋지 않은 결과이나 시간이 지나면 좋아질 것이다.

◈ 애정

과거– 실연당한 적이 있다.

현재– 연애관계가 모호한 상태이다(헤어짐도 예상).

미래– 헤어질 것이다.

◈ 학업

과거– 노력이 부족했었다.

현재– 결과는 현재의 노력에 의한 것임으로 지금 확실히 해두어야 한다.

미래– 부정적이든 긍정적이든 결과는 나온다.

쉬어 가기

타로카드를 할 때 도움이 되는 것들

1. 집중력

평소에도 집중력은 필요하지만 타로 리딩에서는 그것이 매우 필수불가결한 것이다.

2. 직감

불길한 예감, 즐거운 생각. 이런 것들은 그 해석에 무한한 영향력을 끼치므로 중립자의 입장에 서서, 만물을 관조하는 시선을 길러야 한다.

3. 화술

자신이 어떻게 타인에게 자신의 생각을 확실히 전하느냐로 사용해야 하는 것으로 처세술과는 차이를 둬야 된다.

독서와 음색, 어조 등은 중요한 요소이다.

4. 해석력

카드의 양면성과 연상력을 동원하여 짧은 시간 내에 정리하여 말하는 숙련도이다.

14. 절제 Temperance

절제는 대한민국의 무형문화재 한국의 줄타기를 모델로 하였다. 그는
높은 외줄에 부채 하나를 쥐고 악(樂) · 가(歌) · 무(舞)와 조화롭게 자신
의 몸을 균형 있게 가누고 있다. 빛나는 태양은 밝은 의식과 삶의 귀환
을 알리고 높은 곳에서 끊임없이 떨어지는 폭포는 그의 감성을 나타낸
다. 그는 이성과 감성을 침착하게 조합하여 안정되게 줄타기를 마칠 것
이다. 우리는 삶의 여정에서 잠시 멈춰 서서 다른 선택사항을 검토 해볼
필요가 있다. 중도의 길을 찾아야 하고, 균형 잡힌 마음을 발전시켜야 할
때 인내나 휴식은 우리를 신성함으로 가는 길을 안내 할 것이다.

🏯 의미적 성격

교류, 인연, 사교, 친절, 균형, 온도 조절, 왕복을 의미한다.
무엇이 필요한 지를 본인이 먼저 잘 깨닫는다면 당신에게 기회를 가져다
줄 것이다. 남을 잘 배려하고 이해심이 있어 힘들어도 내색하지 않아 좋은
사람이라는 소리를 듣지만 상대방의 판단에 의해 내 결정에 갈등할 수 있

다. 열심히 일하는 사람으로 성실하고 중용의 도리를 지키는 사람이지만 일을 해결해 나갈 수 있는 추진력은 필요하다.

직업≫ 안정된 상태에서 창조력과 활동력이 내재되어 있다. 답답한 사람에겐 문제들이 해결되어가는 과정이므로 조급함을 버리고 신중하고 차분하게 이끌 필요가 있으니 기다려라.
☆통신회사, 외환딜러, 항공승무원, 해운업, 무역, 통역, 바이어

연애≫ 현재 힘들어도 내색하지 않아 진전이 없을 수 있다. 순수한 사랑을 원해서 일시적인 느낌보다 천천히 다가가는 모습이라서 아직까지 미미한 상태이다. 자신의 속마음을 드러내지 않고 그 사람을 좋아하여 짝사랑을 할 확률이 있다. 사교성이 좋아 우정에서 사랑으로 발전할 수 있고 사귄지 오래 되면 애정전선이 쾌청하고 사랑도 깊어진다. 먼데서 온 인연이 많고 국제결혼도 가끔 있으며 자신이 하기에 따라 사랑의 발전성이 있으니 속도 조절을 잘하면 긍정적 결과를 얻어낼 수 있다.

건강≫ 방광, 허리, 혈액순환장애, 저혈압, 스트레스, 수족냉증

◈ **금전**
과거- 절제하고 검소하게 생활했다.
현재- 사치성 없이 신중하게 지출하였다.
미래- 적당한 저축을 보유할 것이다.

◈ **애정**
과거- 자신의 속마음을 잘 드러내지 않고 감정의 절제를 잘해왔다.
현재- 상대방과의 조화를 우선으로 하다 보니 진전이 없는 상태이다.
미래- 감정표현을 많이 하고 자신감을 가지면 생각한 대로 결과가 진행
　　　 될 것이다.

◈ **학업**
과거- 많은 것을 바라지 않았다.
현재- 천천히 노력하고 있다.
미래- 순응할 만한 결과가 나올 것이다.

15. 도깨비 The devil

사람의 형상을 띠기도 하고, 비상한 재주를 부리기도 한다는 한국의 전래동화에 등장하는 상상의 존재인 도깨비를 표현하였다. 도깨비는 우리나라 붉은 악마로 많이 알려진 전신 치우(戰神 蚩尤)의 얼굴을 하고 도깨비 방망이를 들고 있다. 도깨비에게 자신들을 맡긴 평온한 모습의 남녀 한 쌍은 물질을 상징하는 엽전 꾸러미가 널부러져 있는 것도 모른 채 밧줄에 묶여 있고, 그 옆에는 몽상의 꽃말을 가진 양귀비가 피어있다. 도깨비 뒤에는 교활하고 영악한 여우가 지켜보고 있으며 숲속은 하늘에서 내린 벼락으로 나무가 찢겨져 죽어가고 있다.

도깨비 카드는 무엇인가 잘못되어 있다는 신호로 중대한 경고를 나타낸다. 불건전하거나 파괴적이고 원초적 충동과 환상, 열등의식, 중독을 암시한다. 인간이 괴로움을 겪을 때는 이렇게 다루기 힘든 감정 속으로 빠져들기가 쉽다. 그러나 만약, 우리가 이러한 행위들에 열중해 있다면 무거운 대가가 따를 것이라는 것을 각오해야 할 것이다.

🌑 의미적 성격

유혹, 갈등, 어둠, 최면, 섹스, 이간질, 마술사, 요행수라는 의미를 가진다. 변덕이 심하고 귀가 얇아 유혹에 약하고 생각이 짧아서 호기심이 많고 놀기 좋아한다. 방황, 타락, 음탕, 몽상가, 물욕이 많아서 다른 사람에 의해 휩쓸려 가서 구설수가 많으니 자기 의지력을 기르는 것이 좋겠다.

직업≫ 신용과 명예를 겸비한 사람도 있으나 비율이 높지 않고 불황과 몰락, 부채가 많아질 수 있으니 투자는 금물이다.

돈이 모아지지 않아 괴롭고 짜증나는 상태지만 돈 때문에 그만두지 못하고 직장을 다니고 있지만 옮기고 싶은 마음이 있고 취업은 잘되는 편이다. 학생은 비행조직이나 비밀조직에 가담할 수 있고 구속될 수 있으니 주의하라.

연애≫ 섹스, 스킨십, 육체적 관계, 불임, 원하지 않는 임신, 중독된 사랑, 육체적인 탐욕, 정열, 성도착, 질투, 불륜, 물질적인 사랑, 이혼, 구설수, 바람기가 있을 수 있다. 자신의 중심점을 망각하면 상대로 인해 중독될 수 있으니 감성적이기 보다는 이성적인 판단이 필요하다.

▶중독이라는 것은 처음에는 몰라도 서서히 빠져들어 헤어나지 못하는 것이라서 편집증 적이고 광적으로 변할 수 있다.

▶기혼자에게는 유혹이 도사리고 있으니 몸가짐을 조심하자.

▶여성에게는 여행지에서 남성의 유혹이 따르니 조심성을 망각하지 말라.

직업≫ 사람을 끌 수 있는 특별한 재능이 있다.

☆ 수집가, 사채업, 서비스업, 브로커, 발명가, 마술사, 방송인, 연예인, 사업가

건강≫ 암, 정서불안, 불면증, 고혈압, 폐, 성 공포증, 정신질화, 히스테리, 천식

▶수면제와 알코올은 멀리하라.

▶잠복기 시기의 지병이 있다.

◈ 금전

과거– 빼앗기거나 빼앗은 적이 있는가?

현재– 남의 것을 파괴하여 얻거나 타인이 자신의 것을 파괴하고 이득을 취한 상태로 내가 더 능력이 있어 경쟁에서 이긴다.

미래– 긍정 또는 부정이 결합되어 결과는 알 수 없다

◈ 애정

과거– 감정의 파도에 휘말린 적이 있는데 그로인해 겪은 재난은 당연한 일이고 자기 인생이 뒤흔들려서 아픔이 많을 수 있다.

현재– 상대방은 당신에게 특별한 일들을 바라고 있고 중독된 사랑을 진행 중이나 상대방도 당신을 좋아한다는 마음에 상대의 힘에 억눌려있는데 바람직하지 못하다.

미래– 파괴적인 사랑에 빠지게 된다. 성적으로 잠시 엔조이라 오래 못갈 수 있어 육체적 사랑에서 멈추게 된다.

◈ 학업

과거– 산만하고 집중력이 없기에 특별한 노력이 필요했었다.

현재– 열의와 노력은 대단하지만 주색에 유혹이 있으니 주변을 생각해야 한다.

미래– 학업능력은 있으나 숙명적 시련(환경)이 있겠다.

16. 붕괴 The tower

붕괴 카드는 경복궁의 남쪽에 있는 정문으로 우리나라의 얼굴이자 상징인 광화문(光化門)을 표현하였다. 임진왜란 때 경복궁과 함께 방화로 소실되었다가 복원되었다. 광화문은 '왕의 큰 덕(德)이 온 나라를 비춘다' 는 의미를 지니고 있으며 광화문 앞의 양쪽에는 한 쌍의 해치 조각상이 자리 잡고 있다.

광화문의 석축부에는 세 개의 홍예문이 있는데 가운데 문은 왕이 다니는 문이고, 나머지 좌우의 문은 신하들이 다니던 문이었다. 하늘에는 번개를 동반한 폭풍우가 치고 있고 홍예문 좌측에 횃불을 든 검은 그림자는 구조물에 방화를 한 사람으로 보인다. 그로 인해 광화문은 불이 나고 붕괴되고 있다.

붕괴카드의 광화문은 우리 스스로의 삶의 허위, 과장된 구조물을 은유적으로 상징했다. 이런 삶의 구조물은 우리가 원하든 원치 않아도 내부적이든 외향적이든, 어떤 식으로든 무너지게 되어있다.

자신들의 불완전성을 감추기 위해 삶의 폐허에 집착하는 것은 아무런 소용이 없다는 것을 알아야 할 것이다. 우리 앞의 진정한 본성을 찾기 위해 낡은 것을 버리는 선택도 필요하다는 것을 깨달아야 한다.

🏵 의미적 성격

돌발적인 사건, 예측불허 사고, 붕괴 파탄, 파산, 헤어짐, 불안한 마음, 변화, 손실, 기다림의 결과의 의미를 지닌다. 예기치 못한 사건들로 인해 여러 변화가 생기지만 원만하게 풀리지는 않는다.

폐허가 된 삶에 집착하는 것은 옳지 못하니 새로운 인생을 위해서 과거의 낡은 모든 것을 청산하는 길을 선택함이 좋을 것이다. 전환기를 맞는다는 심정으로 예전에 못했던 것들을 실행할 때다. 언제든 위기와 위험이 닥칠 수 있음을 경고하는 카드이다.

연애≫ 일시적 혼란으로 욕구불만이 표출되어 헤어짐, 이혼, 갑작스런 배신으로 이어질 수 있다. 정열은 있으나 축복받지 못한 관계로 현재 불안한 마음으로 고비가 있다.

직업≫ 손재주가 뛰어난 사람이 많다. 계획실패로 문제가 속출해 불똥이 튈 수 있으니 말조심해야 한다. 커다란 실수로 도산, 좌천, 해고의 운이 있다. 이벤트 사업을 하는 사람에게는 사업 확장의 기회가 다가왔음을 의미한다.

▶투자 운은 물거품이 될 수 있으니 삼가라.

▶장거리 여행을 떠날 사람이나 운수업을 하는 사람은 사고 운이 있으니 긴장하라.

☆건설현장, 성형외과 ,부동산업, 주식, 게임 산업, 군사과학, 우주항공, 스킨스쿠버, 헬스트레이너, 다이버강사

건강≫기관지, 편도선, 외과수술, 관절부상, 뼈, 골절, 치질

▶갑작스런 사고나 놀랄 일이 생길 수 있으니 조심해야 한다.

▶성형수술은 피하는 것이 좋다.

◈ **금전**

과거- 아무것도 남지 않았던 적이 있었다(파산).

현재- 현재의 빈곤은 미래의 풍요를 위한 것.

미래- 놀랄 일이 생길 수도 있어서 투자는 좋지 않다.

◈ **애정**

과거- 배신당한 적이 있었다.

현재- 현재가 좋은 상태라 느껴지면 상대방을 자세히 살펴보아야 한다.

미래- 결과는 헤어짐으로 인해 좋지 않다.

◈ **학업**

과거- 자신의 능력에 슬퍼하거나 불안했었다.

현재- 고민은 필요한 것이지만 불안함이나 허전한 마음은 지금은 접어
　　　두는 것이 좋다 .

미래- 불명예스런 결과에 고뇌하더라도 죽음이나 태양카드가 앞자리에
　　　나왔다면 걱정하지 않아도 된다.

쉬어 가기

타로 리더에게 필요한 능력

상상력-지성과 감성을 매개하여 타로 그림 속 다양한 이미지를 리딩하는 능력

직관력-내면의 깊이 있는 지혜를 끌어올려 현재 필요한 의미를 도출하여 현명한
　　　판단을 내리는 능력

통찰력-타로 배열법 조합을 보고 현상의 원인과 결과를 이해하고 간파하여 진정
　　　한 가치를 판단할 수 있는 능력

타로는 미래가 아닌 희망을 보는 것이다

17. 별 The star

별 카드는 단위의 양을 재는 국자 모양의 북두칠성(北斗七星)을 표현했다. 우리나라에서는 칠성신, 칠선녀를 상징하고 인간의 수명을 주관한다고 믿어져 왔다. 깜깜한 밤하늘이지만 반짝이는 별들로 인해 어둡지 않다. 속살이 다 비추는 화려한 대슘치마를 입고 한 손으로 물을 퍼 올리고 물장구를 치며 노닐고 있다. 물가 옆 육지 저 멀리는 왕비의 산실인 건순각의 모습은 출산을 상징하고 있고, 강가 앞쪽에는 좋은 소식, 신비로운 사람의 뜻을 가진 붓꽃이 청초하게 피어있다.

살아가면서 고난과 역경 속에서도 희망과 믿음을 얻고 싶을 때가 있다. 그러할 때에 별은 우리에게 미래에 대한 막연한 희망을 갖게 해주고 기다림의 여유를 준다. 그로인해 복잡하고 침울함이 점차 사라지고 우리의 삶은 평온이 찾아온다.

🌐 의미적 성격
영감, 헌신, 아름다움, 희망, 기다림, 사랑, 아름다움, 평화, 신뢰, 회복, 희열, 순결을 의미한다.

미적으로 관심이 많고 순수하고 여성스러운 면이 많다. 내적으로 안정된 자신감이 더 큰 세계로 진입하기에 좋으므로 삶의 만족감을 가져야한다. 자기희생과 헌신으로 새 희망을 맞이하는 전환기이지만 심리적으로 우울하고 불안한 상태이다.

환상만 가지고 현실적인 노력을 하지 않는다면 희망을 실현시킬 수 없음을 명심하고 아직까지는 이루어지지 않지만 나중엔 잘 될 것이다.

연애≫ 과거부터 알고 지내온 경우가 많고 상황이 맞지 않아 잘 될 것 같으면서 안 되는 사이가 많다. 사랑에 눈뜸으로 이상적인 사랑과 헌신으로 밝은 미래가 보이며 같은 곳을 바라볼 수 있는 상대이다.

▶궁합 볼 때는 색다른 남자를 만나고 싶어 하고 여자를 밝히는 남자에게 자주 나온다.

▶과거 카드로 나올 때는 과거 남자와 성향이 다른 사람을 만나고 싶어 하고 주변 상황과 환경이 좋지 않아 잘되고 싶지만 안 되는 사이라 서로가 힘들어도 점점 좋아 질 수는 있다.

직업≫ 이상이 큰 사람으로 하늘에 반짝이는 별처럼 미래에 대한 의지가 뚜렷한 것처럼 보이지만 현재는 아무것도 되는 게 없다. 돈도 잘 안 보여서 지루하고 따분하고 침울하나 점점 나아지는 상태다.

▶새로운 구상을 하거나 예술적, 창조성을 발휘하는 개발 분야가 좋다.

▶기혼여성은 아이를 갖게 되는 기쁨을 만끽하고 순산한다.

☆컴퓨터 프로그래머, 웹디자인, 여행가, 예술가, 화가, 미용사, 조경사, 녹색운동, 꽃꽂이, 북 디자인, 인테리어, 금속세공

건강≫ 자궁질환, 불임, 생리통, 갑상선, 불감증, 부인병

◆ **금전**

과거– 빼앗기거나 실수로 잃었거나 몰수당한 적이 있었다.

현재– 소매치기를 당하거나 잃어버렸거나 파산한다.

미래– 손해 본 만큼 다시 찾을 것이다

◈ **애정**

과거– 남에게 빼앗긴 사랑이 다시 돌아오거나 새로운 사랑을 기대했다면
　　　잊어라.

현재– 과거에 알던 사람, 될 것 같으면서도 잘 안 되는 사이로 다른 결과는 기
　　　대할 수 있으니 끝났다고 생각하며 털고 일어나라.

미래– 가슴 아플 것 같지만 희망은 잃지 않도록 하라.

◈ **학업**

과거– 어처구니없는 실수로 손해를 보았다거나 기대가 큰 희망과 전망을
　　　가진 적이 있다.

현재– 잃은 것이 있으면 얻은 것이 있다.

미래– 선택에 있어 자신이 이루고자 했던 결과는 버려질 수 있으나 원하
　　　는 것보다 밝은 희망을 가져다 줄 것이다.

쉬어 가기

별자리 알아보기

물병자리	물고기자리	양자리	황소자리
1월 21일~2월 19일	2월 20일~3월 20일	3월 21일~4월 20일	4월 21일~5월 21일
쌍둥이자리	게자리	사자자리	처녀자리
5월 22일~6월 21일	6월 22일~7월 22일	7월 23일~8월 23일	8월 24일~9월 23일
천칭자리	전갈자리	사수자리	염소자리
9월 24일~10월 23일	10월 24일~11월 22일	11월 23일~12월 22일	12월 23일~01월 20일

18. 달 The moon

여인이 하얀 속곳을 입고 물가에 누워있고 나비가 그녀의 머리 위를 맴돌고 있다. 바다 위에는 보름달 안에 초승달이 들어있는 모습으로 휘영청 떠있다. 절벽 위에서 달을 쳐다보고 울부짖는 늑대가 보이고 백일동안 붉게 피어있는 백일홍이 여자의 곁을 지킨다.

달은 무의식의 영역으로 욕구, 반응, 본능 등을 나타내고 매일 밤 모양을 바꾸어 나타나는 달의 모습처럼 혼란과 모호함을 상징한다.

우리는 보이지 않는 불확실한 희망과 믿음에 매달릴 때가 있다. 그러나 이것은 우리의 망상일 수 있다는 것을 알아야 할 것이다. 과도한 생각은 집착을 불러일으켜서 자기를 그 안에 가두어 버릴 수 있다. 시간이 지나면 부질없다는 것을 자각할 수 있어야 한다.

🏵️ 의미적 성격
불화심성이나 분안정, 영감, 꿈, 추어, 우울함, 기인, 기다림, 인내, 방황,

오해, 상심, 약속을 의미 한다. 변덕이 심하고 주관이 없지만 영감과 직감이 뛰어나기 때문에 신기한 기운이 있다는 소릴 들을 수 있다. 감정의 기복이 극과 극이라 조울증적인 심리가 발동되어 일시적 딜레마에 빠질 수 있고 고집과 권위가 있으나 애정을 바라는 마음도 크다. 달 카드가 결론이나 결정 자리에 나오면 판단하기엔 아직 이르니 신중해야한다.

연애≫ 스스로의 마음도 혼란스러워 부정적인생각으로 불안함이 있어서 성적으로도 변태적이고 밝히는 사람에게 많이 나온다. 내성적이라 표현이 부족하고 불안한 사랑이어서 망설이다보니 상사병일 확률이 크고 가까워질듯 하면서도 만남의 진행이 더디니 시간을 두고 더 지켜봐야 한다. 거짓과 배신의 기미가 짙고, 삼각관계일 가능성이 크며 혼담은 성사되지 않는다.

▶궁합자리에 나오면 서로 은밀한 사랑으로 감성적이고 내밀한 사랑을 하고 있다.

▶미래 카드로 0번과 함께 나올 때는 사랑이 지속되기 힘드나 10번 운명의 수레바퀴와 같이 나오면 운명적 사랑이다.

금전≫ 속임을 당하여 파란이 발생할 수 있고 겉으로 있어 보이지만 원래 없는 빛 좋은 개살구 격이고 방해자로 인해 새로운 위험이 등장하는 알 수 없는 상황이다.

직업≫ 불확실한 것이라 그만두고 싶고 자신이 생각하고 있는 미래가 없는 것 같아서 한 직장에 오래 근무하지 않는다. 밤에 하는 직업이나 교대근무도 가능하다.
☆철학자, 물과 관련된 직업이 좋다(수영강사, 요리사). 집안일, 건축, 점성가, 문화재 사업, 요식업, 철학교수, 회계사, 골동품상, 시인, 소설가, 작곡가, 음반프로듀서

건강≫ 임산부가 아이를 순산(생산성),신병, 우울증, 정신이상, 위장, 과대망상, 비만, 생리불순, 히스테리, 노이로제, 약의 부작용, 질병에 걸릴 징조, 스트레스로 인한 위염.

◈ 금전
과거– 사기 당했거나 빼앗겼거나 잃어버린 경험이 있다.
현재– 어려운 상태이다. 사기당할 수 있다.
미래– 생각만큼 이득을 얻지 못할 수 있으니 미리 저축해두어야 한다.

◈ 애정
과거– 과거 소문이나 거짓된 사랑으로 손해를 보았다. 내밀한 사랑으로
　　　구설수에 오를 수 있다.
현재– 당신을 질투하는 사람이 있으니 소문에 조심하고 헤어지고 싶어도
　　　못 헤어 질 수 있으니 자신의 마음을 잘 알아채야 한다.
미래– 불안정하여 오래 못 가나 서로에 대한 육체적인 것은 밝힐 수 있다.

◈ 학업
과거– 답안지 확인을 못했다거나 실수로 인해 손해 본 적이 있다.
현재– 숨겨진 말에 적이 존재하니 가슴에 담지 말고 쓸데없는 일로 시간
　　　낭비 하지 말아야 한다.
미래– 주변사람도 경쟁자이기에 손해를 보니 주변사람 말에 의지하기
　　　보다 스스로 찾아야 한다.

쉬어 가기

운명은 기회의 문제가 아니라 선택의 문제이다.
기다리는 것이 아니라 성취하면 되는 것이다.
– 윌리엄 제닝스 브라이언–

19. 해 The sun

해는 또래 남녀 아이들의 활기찬 모습과 해의 중심 안에 붉은 정삼각형에서는 에너지가 느껴지고 해의 중심부에서 밖으로 펼쳐진 햇살에는 자(子), 축(丑), 인(寅), 묘(卯), 진(辰), 사(巳), 오(午), 미(未), 신(申), 유(酉), 술(戌), 해(亥)의 12지지의 뜻을 담고 상응하는 색으로 나타냈다. 담장밖에 새 조각의 솟대는 풍년을 기원하고 장원 급제의 축하 의미를 부여하고 있다.

해는 모든 창조의 근원으로 생명의 상징이다. 우리가 어떤 상황이나 목표를 기대한다면 만족스럽고 확실한 성공을 맛볼 수 있을 것이다. 자신의 신념으로 앞으로 나아간다면 밝고 희망적인 시기가 도래할 것이므로 믿음을 가져도 될 것이다.

🎴 의미적 성격
권력, 생기발랄, 창의성, 열의, 우정, 형제, 창작, 신용, 신뢰, 낙천적, 행복, 자기 확신, 용기, 적극적인 의미를 가지고 있다. 자유로움을 좋아하고 긍정적인 사람이고 개방적이라서 활동성이 있고 활발하며 상대편의 마음을 잘 알아주고 대인관계가 원만하다. 신용과 신뢰를 중요시해서 일처리를 명확하게 처리해서 돈독한 인간관계를 맺는다. 여자는 아이를 좋아하여 다산형이며 남자는 유머감각이 뛰어나다.

연애》 마음이 넓고 착해서 친구처럼 편안한 동갑내기 부부가 많다. 신중하고 이심전심 형이라 친구 같은 애인사이로 오래된 사랑을 하며 순탄한 연애를 한다.

금전》 사업가에게 특히 좋은 카드로 돈이 많고 미래에도 좋을 것이다. 외부로 큰 자금이 유입될 수 있는 기회이다.

직업》 도와주는 동료나 친구로 인해 잘된다. 노력에 의한 기대하는 것들이 답이 나오는 긍정적 상황이다.
☆증권, 출판업, 동업, 유아교육, 완구점, 인쇄업, 예술분야, 사업가, 카피라이터, 운동선수, 영업직.

건강》 눈, 신장, 심장, 일사병, 피부질환, 비타민 부족.

◈ **금전**
과거– 부족함이 없어 하고 싶은 것을 하고 살았다.
현재– 만족할 만한 금전 운이 따른다.
미래– 완벽한 물질적 행복이 기다린다.

◈ **애정**
과거– 운명적 느낌을 받고 서로 사랑에 빠졌다.
현재– 서로에게 만족한 상태로 문제없다.
미래– 숙명적인 행복한 결혼으로 이어질 것이다.

◈ **학업**
과거– 스스로 만족할 만큼 했다.
현재– 합격할 수 있다는 생각을 하여 현재 결과에 만족한다.
미래– 만족할 만한 결과루 합격할 수 있다.

20. 업보 karma

업보는 죽은 자들의 통치자인 명부의 시왕(十王) 중 다섯 번째 왕인 염마왕(閻魔王)을 표현하였다. 염마왕의 머리 위에는 해와 달이 동시에 떠 있고, 그의 앞에는 많은 죄인들이 심판을 기다리고 있다. 그의 신하는 끌려온 죄인에게 업경을 보여주며 전생의 죄를 깨닫게 하고 있다. 물길을 경계로 오른쪽에는 인간의 삶의 과정이 탄생부터 늙음까지 표현했다.

인간은 과거의 과오를 깨달음과 동시에 구원을 받을 수 있다는 것을 안다. 그리고 구원 후 의미 있고 충만한 삶을 추구해야 한다. 그러므로 업보는 통합과 부활을 상징 하고 지난 노력의 결과가 결실을 맺는 시기라는 것을 알 수 있다.

🏵 의미적 성격

기다림, 계시, 부활, 기도, 예언, 발명, 치유, 기적, 메시지, 인과응보, 의무의 의미를 지닌다. 때가 임박하여 다시 부활되어 새로운 시작이 될 수 있고 과거에 했던 것을 지금 받을 수 있으므로 결심하고 결정해야할 상황이다. 정신적 가치관이 확실하게 형성되니 마음에 대한 변화의 준비로 지위(입장, 처지, 신분)가 바뀐다.

연애≫ 과거카드로 나올 때는 삼각관계로 오래가지 않는다. 미래카드에 위치하면 현재와 과거의 고비로 인해 불확실성 때문에 거의 헤어짐으로 보면 된다. 사귀고 있는 사람이 멀리 외국에 가야 하는 상황이 발생하여 끝내 닿지 않는 인연이 될 수 있다. 인내, 기다림, 정성, 지고지순한 사랑을 뜻하지만 한동안 이별할 수 있으니 상대에 대한 배려가 필요하다.

직업≫ 경쟁률 높은 입사시험, 공무원 시험에 좋은 결과가 나올 수 있다.
▶컴퓨터 관련업자 에게는 사세 확장의 기회가 온다.
☆저널리스트(자유기고가), 고고학자, 아나운서, 성우, 음반프로듀서, 방송 관련 분야, 연예계 관련 분야, 공무원, 사진, 영상

건강≫ 이비인후과, 원기부족, 두통, 신경성.

◈ **금전**
과거– 상황의 민감한 변화로 과거에 중지된 일이 다시 시작되고 한 만큼 얻는다.
현재– 실직했다면 다시 취직되고 금전적으로 안 좋은 상태였다면 다시 변화된다.
미래– 결과가 긍정적인 상황으로 바뀌어 나타날 것이다.

◈ **애정**
과거– 연애의 시작으로 주변상황이 변하는 것은 당연한 일이다.
현재– 예전에 사귀던 사람과 다시 시작하려 하거나 사귀게 된다.
미래– 상황은 긍정적으로 변화된다.(부정적 결과; 헤어짐)

◈ **학업**
과거– 과거의 성적은 현재와 전혀 연관이 없다.
현재– 성적의 기복은 크게 신경 쓰지 말고 학업 방법을 바꿔줘야한다.
미래– 상황이 긍정이든 부정이든 반드시 바뀌어 좋게 나타난다.

21. 세계 The world

세계 카드는 혼례복의 일종인 원삼(圓衫)에 족두리를 쓰고 세계지도가 그려져 있는 둥근 본 앞에서 우아한 춤사위를 보여주고 있는 여인을 표현했다. 지구본의 중심에 위치한 대한민국을 중심으로 나선형 모양은 세계로 확장되어 가고 있다. 위대한 문자인 훈민정음이 깔려 있는 그 길에는 우리나라를 상징하는 꽃으로 '영원히 피고 또 피어서 지지 않는 꽃'이라는 뜻을 지니고 있는 무궁화(無窮花)가 피어있고 한국 88올림픽에 등장했던 굴렁쇠가 보인다. 그 위는 모래판에서 샅바를 허리춤에 둘러맨 두 선수가 씨름을 하고 있고, 이어 탈을 쓰고 벌이는 전통 가면극인 탈춤이 선보이고 있으며 제기 차기를 하는 어린 아이가 있다. 그리고 꽹과리, 징, 장구, 북을 중심으로 흥겨운 사물놀이가 그 뒤를 따르고 있다.

메이저 아르카나의 마지막 부분인 세계 카드는 성취와 완성의 시기를 나타낸다. 최종 목적지에 다다른 우리는 전체적인 경험을 하였고 목적을 달성하여 성공 스토리로 행복한 결말에 이르러 또 다른 시작의 길에

들어설 것이다.

인간은 모두 완벽할 수 없으나 한 단계 한 단계씩 진지한 자세로 삶에 임한다면 언젠가는 자신이 원하는 목적지에 도달하게 될 것이다. 삶의 여정은 고통만이 있는 것이 아니고 축복도 함께 한다는 것을 알아야 한다.

🏯 의미적 성격

세계, 성공, 정상, 조화, 열광, 완성, 우주, 확실한 태도, 보상받음, 실패 확률 거의 없는 확실한 성공을 의미한다. 이제 모든 것이 끝나고 다시 처음으로 돌아가는 새로운 시작을 의미한다. 자기 자신을 사랑하는 사람(공주병)으로 막내 기질이 있어 이기적이고 자기 위주로 하는 성향이 있다.

연애》 만족스런 결혼을 꿈꾸고 최고의 커플로 매력적인 사랑(행복의 절정. 신혼생활. 완성된 사랑. 영적인 사랑)을 이룰 수 있다. 그러나 자신의 세계가 강해 상대와 원만한 사귐이 힘들 수 도 있으니 인연의 소중함을 잊지 말라.

금전》 금전은 좋은 편이고 더 나아진다.

직업》 평생 직업이 있으면 성공이 보장 된다. 목표달성을 이루니 모든 것이 좋은 결과로 완성되고 상황이 더 나아진다.
모든 것을 마치고 툭툭 털고 일어나 여행을 떠나는 모습(유학, 이민, 외국연수기회가 있다).
▶외국관련 일에 행운이 있다.
▶이상이 높아 좋은 곳으로 취업, 이직이 있다.
☆장식업계, 인테리어, 스타일리스트, 외국계 회사, 패션, 유엔기구, 동시통역.

건강》 만성피로, 안과질환, 자궁질환, 수족냉증, 최적의 건강상태, 안정된 컨디션,
▶요가의 냉상법으로 마인드컨트롤이 좋다.

◈ **금전**

과거- 과거에 풍족한 좋은 시기로 완벽한 상황에 놓인 적이 있었다.
여행, 이민으로 인해 긍정적인 씨앗을 만들 수 있었다.

현재- 성공이 보장된 상태로 여행을 통해 새로운 기분을 가지는 것도
좋겠다.

미래- 완벽한 성공을 얻을 것이며 당신의 지위도 상승한다.

◈ **애정**

과거- 상대와의 완벽한 미래와 행복한 여행을 꿈꿨다.

현재- 현재 밀월 여행으로 변화를 꿈꾸고 있거나 만족한 상태이다.

미래- 애정 운이 완벽하니 여행이나 선물을 통해 상대방의 마음을 확인
하라.

◈ **학업**

과거- 과거에 학업을 충실히 했다면 성공을 잡았을 것이다.

현재- 성공을 보장받을 수 있는 장르를 선택한 상태로 유학(해외, 타지)을
계획한다면 성공의 밑거름이 되니 꼭 실행에 옮겨라.

미래- 당신이 꿈꾸는 유학생활의 성공은 충분하다.

20번 업보(심판) 카드 이야기

'최후의 심판'은 기독교의 종말론에서 비롯된 말로서 예수 그리스도가 사람들의 현세에서의 행동의 진실(옳고 바른 것)과 거짓(거짓과 위선) 여부를 심판하여, 각각 천국과 지옥으로 가른다고 하는 것이다.

「심판」카드도 이 최후의 심판과 같은 사고를 바탕으로 하고 있는데 이 카드가 암시하고 있는 것은 당신에게 인생 최대의 결단의 때가 지금 찾아왔으니 자신의 신념을 가지고 지금 결단하지 않으면, 더 이상 미래는 없다는 것이다.

불교에서의 업보(業報)는 현세에서 선(善)과 악(惡)의 행함으로 인해 선악의 결과에 따른 기준으로 인과응보를 말한다.

우리는 이 카드로 인하여 심판이든 업보든 무엇보다 중요한 것은 결과를 두려워하지 말고 용기를 내어 결단을 해야 한다는 것이다.

마이너 아르카나

마이너 아르카나는 56장으로 구성되어있다.

금화, 컵, 나무, 칼이 각각 에이스카드에서 10번 카드까지 40장의 카드와 각 짝패에 네 장의 궁정카드인 왕, 여왕, 기사, 시종의 16장의 카드로 이루어져 있다.

마이너 아르카나는 메이저처럼 굵직한 사건들이 아니라 인생의 구체적인 상황들을 설명해 주는데 첫 부분을 구성하는 나무, 컵, 칼, 금화의 네 가지 슈트(Suit)에 각각 에이스(Ace, 1을 대신한다)부터 10까지의 숫자로 이루어져 있다.

마이너 아르카나의 두 번째 부분은 왕(King), 여왕(Queen), 기사(Knight), 소년(Page)으로 구성된 코트(Court)카드, 인물카드, 또는 궁정카드로 부른다. 코트카드는 4가지 슈트마다 4짝패(16장)로 이루어져 총 56장의 마이너 아르카나가 된다.

마이너 아르카나의 4가지 슈트인 나무, 컵, 칼, 금화는 서양에서 우주 만물을 구성하는 요소이자 연금술의 4원소로 각각 불, 물, 공기(바람), 흙을 의미하며 우리에게 실제로 영향을 미치는 주변의 다양한 요소들과 연관되어 사람의 성격과 기질, 정신세계를 상징하는 것이다(김동완, 2013). 현실에서 우리의 일상생활과 4가지 슈트가 나타내는 것을 연관시키면 나무는 일거리나 목표를 의미하고 컵은 사람의 내면의 상태를 의미한다. 칼은 삶에 있어 위협이 되는 것들을 의미하고 금화는 재물이나 자산을 뜻한다.

나 무
Rods

▶ 점성학적 원소; 불
▶ 계절; 봄(여름)
▶ 동물; 사자
▶ 기간; 몇 주
▶ 방위; 남쪽
▶ 묘사; 성장, 창조력, 발전, 영감, 에너지, 추진력, 열정과 의지
➡ 의미; 창조적인 예술적 능력을 가진다. 자신의 일과 연결된 주관
　　　과 의지로 직관력 있게 활동한다.
➡ 나무가 많이 나오는 사람은 생활력이 강하다.
➡ 건강–고혈압, 협심증, 심장

에이스(Ace) 나무

Ace of Rods

새로운 일을 계획하고 시작할 때다. 새로운 아이디어와 창조력이 충만하여 새 직업이나 새로운 기술을 배울 기회가 나타난다. 의미 있는 경험이 시작되는 시기로 도와줄 사람이 나타나 행운이 따른다.

연애≫ 새로운 친구관계가 성립된다.
새로운 마음가짐만 있지 행동이 없다.
아이의 탄생으로 따뜻함을 느낀다.

직업≫ 창업, 유산상속, 새로운 일 시작

2 나무

Two of Rods

두 가지 일의 선택과 갈등이 불안감을 갖게 할 수 있다. 원대한 꿈과 욕심을 가진다. 대담성과 지배적 인간성을 가지고 있어 많이 바쁘지만 실속은 아직 없다.

연애≫ 연애에 있어서 양다리로 상대가 있을 수 있다. 오로지 그 사람에게 집중하지 않는다. 별거는 해도 이혼은 하지 못한다.

직업≫ 사업에 있어 용기 있는 사람으로 생각과 계획을 실천할 수 있는 시기이니 잘 선택하라. 두 배로 큰일을 하려하는 사람이다.

3 나무

협력자가 나타나 사업에 대한 기회가 온다. 대화나 협상적인 사람이라 편한 인간관계를 유지시킨다. 안정되고 어느 정도의 성공은 있으나 아직 누군가의 도움이 필요하다.

연애≫ 친구로서 가능하다. 연애를 추진하는 열정은 있으나 아직 결혼에 대해 생각 할 때는 아니다.

직업≫ 사업적인 수완(통찰력)을 가졌다. 앞으로 거둘 씨앗을 뿌릴 시기다. 취업에 유리한 시점이다.

Three of Rods

4 나무

노력에 대한 보상으로 원하는 것을 얻고 목표달성을 이룬다. 작업이 안정적으로 완성되어 자신도 구축할 수 있다. 자신이 할 줄 아는 것에 기대어 열매를 맺고자 하는 바람이 이루어진다.

연애≫ 가정적이고 온화한 사람이라 만족스런 동반자를 만난다. 내가 원하는 사랑이 이루어진다. 재결합도 준비하면 이루어질 수 있다. 휴식 같은 사람을 원한다.

직업≫ 새롭게 획득한 번영으로 평온하다. 스스로만 만족하면 된다고 생각한다.

Four of Rods

5 나무

Five of Rods

서로 경쟁과 다툼으로 이루어 놓은 것이 없는 손실과 분열로 장애물이 많다. 사상이 다름으로 인해 사소한 것으로 스트레스를 받을 수 있다. 직접적인 영향을 미치지는 않지만 싸움에 휘말릴 수 있다.

연애≫ 갈등이 많고 다툼, 싸움으로 상대를 좋아하지 않는다. 인생과 사랑에서의 갈등을 느낀다.

직업≫ 엇갈린 의견으로 일에 경쟁이 있으니 투자는 신중히 하라. 강력한 경쟁자의 대두로 분쟁이 일어나지만 파괴적이기에는 힘은 약하다.

6 나무

Six of Rods

주변에 도와주는 사람과 함께 성공하고 상황이 달라져도 당신은 승리할 것이다. 좋은 소식을 듣게 될 것이며 문제점도 훌륭히 해결된다.

연애≫ 잘해주려고 노력하나 일이 바쁘면 말투가 함부로 된다.

직업≫ 승진, 사업이 번창한다. 간판은 좋은 직장인 듯 하지만 실속은 없다. 겉으로는 열심히 하는 것 같지만 속은 나태할 수 있으니 리더십을 발휘하라.

7 나무

고정관념에 박혀있어 고집이 세고 융통성이 없다. 자기방어적이고 자기 신념이 강하다. 긍정적인 면을 보이기는 하나 결국 자신의 뜻대로 진행한다.

연애≫ 고집이 세고 집착해서 상대방이 답답해한다. 보호자 역할을 하고 싶어 한다.

직업≫ 자기신념을 굽히지 않고 자신의 뜻을 관철시킨다. 열심히 했지만 별로 대가가 없다. 난관을 극복하고 자신감과 용기로 성공할 것이니 1~2년 정도만 인내하라.

Seven of Rods

8 나무

승진, 월급인상 같은 좋은 소식이 있다. 여러 가지 사건들이 어우러져 과거에 해왔던 것을 보상받을 수 있는 시기다. 장애물이 사라지고 일이 추진되어 빠른 성장과 발전의 좋은 대가로 이어진다. 신속함은 앞으로 다가올 대단한 행복을 약속하므로 새로운 환경으로 움직이는 것은 곧 전진 하고 있는 것이다.

연애≫ 사랑을 주고받기에 가장 적합한 시기다. 행동하려는 에너지가 빨리 소진될 수 있으니 당장 상대에게 마음을 전하라.

직업≫ 새롭게 사업을 떠맡을 수 있으므로 신속한 결정과 발 빠른 대응이 필요하다. 작은 기회라도 지금은 잡아두는 것이 상책이나.

Eight of Rods

9 나무

Nine of Rods

사람을 믿지 못해 마음을 열지 않으며 경계심을 늦추지 않는다. 성공하고 싶은 마음에 조심스럽게 관망하고 상황에 맞춰 행동하기위해 대비한다. 문제가 일어날 것 미리 생각하다보니 저항할 수 있는 용기와 힘도 없어서 별 진전이 없다.

연애 ≫ 고집으로 상대를 배려하지 않고 의심하며 캐물어 본인은 물론 모두를 피곤하게 한다. 상대의 의도를 먼저 파악하다가 시간을 놓칠 수 있다.

직업 ≫ 할 일은 많은데 진척되지 않아 중요한 일들이 정지되거나 지연되는 상황이다. 숨겨진 적을 찾아 내기위해 자기방어적이다. 어려움 속에서 변화를 기대하며 견딜 만큼 많은 일을 하게 된다. 투자는 하지 않는 것이 좋다.

10 나무

Ten of Rods

극도의 압력 속에서 성공에 대한 의지를 다지는 것이라 책임감, 부담감으로 압박감이 많다. 욕심과 책임감으로 여러 가지 일의 무거운 짐을 지게 되어 스스로 힘들게 만든다. 수준과 지위를 유지시키는 것에 몰두하다보면 진정한 창의력이 제한받고 주위를 둘러볼 여유가 없게 된다. 10 나무 뒤에 9 나무가 나오면 지금의 일은 어리석은 것이며, 법률적인 문제나 손실은 어쩔 수 없는 사실이 된다.

연애 ≫ 할 일이 많아 부담스러운 마음으로 연애할 시간이 없다. 짝사랑이거나 진전이 없는 사랑이다.

직업 ≫ 일은 많은데 대가가 약해 돈이 안 된다. 지금은 내가 해야할 일에만 집중해야할 시기이다.

나무 소년

활발하고 활동적이고 재미있고 귀엽고 영특하고 긍정적이다. 솔직하고 직선적이라 일의 시작은 잘하지만 완성도가 낮을 수 있다. 반복적인 일을 싫어하고 창의성이 있는 걸 좋아하므로 변덕이 잦다. 유머와 새로운 호기심이 많아 반짝이는 아이디어로 주변 사람들을 즐겁게 한다.

연애≫ 호기심이 많고 변덕이 심하여 바람기로 인해 한 사람만 사귀지 못한다.

직업≫ 패션 디자인, 그래픽, 설계, 미용, 유통업, 여행사, 우체국(통신 업무), 외교관, 밀사, 해외 운이 강하다. 새로운 일이 곧 생길 수 있다.

Page of Rods

나무 기사

넘치는 에너지 결정체(성적 에너지 포함)로 고집 세고 급한 성격에 변덕 심하고 사람을 믿지 못한다. 자신이 하고자 하는 일에만 몰두하여 수행하고 하기 싫으면 안한다. 창조적이고 모험적 기질로 자기성장을 이루려는 마음이 강해 끝을 맺지 못할 수 있다. 머리 좋고 계산 확실하지만 수단과 끈기가 부족하니 항상 점검이 필요하다. 학생이면 섣부른 판단으로 가출할 수 있으니 충동을 버려라.

연애≫ 자신이 좋아하는 사람만 만나려하는 순수한 면도 있다. 메이저 10번과 같이 나오면 진심으로 굉장히 많이 좋아한다.

직업≫ 공무원, 철도원, 안정된 직업(전문직), 시망 출상이 낮거나 여행 운이 상하다.

Knight of Rods

나무 여왕

Queen of Rods

자신감이 있고 인자하고 현명한 어머니 같은 사람으로 교양과 선견지명이 있어 다재다능하다.

실용성을 중시해서 현실적이고 계산적인 카리스마도 있으며 용의 주도적 기략이 풍부하여 지배적 태도를 취할 수 있다. 스스로 자제할 수 있기 때문에 어떤 상황에서도 관대함을 잃지 않는다.

연애≫ 깊은 우정을 나눌 수 있는 사람. 행복한 사랑을 원한다. 타인의 의견이 두려워 슬픔을 드러내지 않는다.(기사 금화와 연관이 있는 사랑)

직업≫ 전업주부(현모양처), 교육자, 상담자

나무 왕

King of Rods

공정하고 성실하지만 권위적인 아버지상으로 집착이 있으며 고집이 세서 일은 열심히 하나 융통성이 부족하여 남들이 볼 때는 답답한 사람으로 보일 수 있다. 현명하고 박식하며 지적인 사람 (성숙, 긍지)이나 흑과 백이 분명해서 기회가 와도 놓칠 수 있다.

연애≫ 연상 같은 사람으로 바람기는 없으나 여자를 피곤하게 한다. 가족이 있는 유부남이다.

직업≫ 공무원, 전문직, 팀장, 사장, 반복적이고 단순한 일이 좋다. 자신의 일에 몰두 하여 성공한다.

칼
Swords

- 점성학적 원소; 공기
- 계절; 가을
- 동물; 독수리
- 기간; 몇 달
- 방위; 동쪽
- 묘사; 냉정, 냉철, 이성적, 냉소적, 직선적, 합리적, 의혹, 시기적 투쟁, 직관, 커뮤니케이션, 실패, 혼란
- 의미; 인간 사이의 갈등, 거짓과 진실을 가릴 수 있는 지혜와 판단력, 슬픔
- 건강–혈액순환, 정서 불안, 우울증

에이스(Ace) 칼

Ace of Swords

굳은 결의로 새로운 일의 시작을 알린다. 위대한 결심으로 욕망을 성취하기위해서는 장기적인 목표를 세우고 온힘을 가해야 한다. 아직 미성숙 단계라 현실 직시하는 용기와 지략으로 도전한다면 결국은 성공과 번영을 이룰 것이다.

연애≫ 연애는 하고 싶으나 실행력이 낮다. 연애를 새롭게 시작하는 결심이나 목표만 집중한다면 과격하고 질투가 심한 사랑으로 변할 수 있다.

직업≫ 분석과 논리에 기초해서 결정을 내리는 이성적으로 판단하는 힘이 강하니 사람을 많이 상대하는 업종이 좋다.

2 칼

Two of Swords

비슷한 일로 할까 말까 하고 고민하고 갈등, 하는 사이 상황이 뒤로 밀쳐져서 중대한 결심을 해야 될 시기를 놓칠 수 있다. 임시로 해결책 마련하다보면 곤란한 문제들은 해결되지 않을 수 있으니 두려움을 버리고 맞서 싸워라.

연애≫ 친구로서의 사귀는 공평한 사이. 마음이 오락가락 하고 있거나 두 사람 사이에서 갈등을 한다.

직업≫ 두 개의 일, 사건을 뜻하고 두 개가 다 중요해서 선택 난감하다. 똑같은 고민을 반복해서 하는 것은 시간낭비이다.

3 칼

인간과 세상에 대한 환멸과 분노를 느끼게 되는 시기로 좌절하는 마음과 슬픔으로 인해 모든 것이 지연될 수 있다.

연애≫ 검 카드에서의 유일한 애정카드로 삼각관계로 인한 실연으로 마음의 상처가 생긴다(파혼 가능성). 당신의 믿음을 파괴당한 대립과 별거, 이별이 있다.

Three of Swords

일이나 대인관계, 사랑 모두 마음의 상처가 있다. 잠깐 떨어져 있는 상태가 많다.

직업≫ 일을 그만 둔다거나 잘 풀리지 않는다. 같이 일하는 사람들도 싫어진다.

4 칼

피곤하고 몸이 안 좋아서 만사가 귀찮고 안식을 취하고 싶다. 원기회복을 위해 쉬어야 될 사람이다. 딜레마에 빠져있어 정지된 상태이다. 질병의 회복기로 항상 건강에 대해 경계하고 조심하라. 작전상 후퇴와 포기하고 정서적 치유의 시간을 가져라. 정지된 상태를 뜻한다.

Four of Swords

연애≫ 연애 부담스럽고 갈등과 다툼이 있다. 고독감으로 마음을 열지 못한다.

직업≫ 조용한 휴식을 하고 싶어 휴직을 원한다.

5 칼

Five of Swords

강력한 경쟁자가 대두됨으로 경쟁이 치열하나 패배는 확실하다. 자신이 일시적으로 승리를 얻었다 해도 무의미한 승리라 훗날 수치스러울 수 있다. 손해, 좌천, 취소, 망신, 파면으로 운명의 희생자가 될 것 같은 느낌이 들더라도 패배를 인정하는 것이 복구 할 수 있는 지름길이다.

연애≫ 하기도 전에 포기할 수 있어서 연애가 성립되지 않는다. 바빠서 만날 시간이 없고 싸움이 있다. 반대자가 나타나 잘 안 된다.

직업≫ 바쁘고 난감한 상태로 어떤 결실도 맺기 힘들다.

6 칼

Six of Swords

변화를 결심하면 주변의 도움을 받아 위험으로부터 벗어날 수 있고 문제가 해결되어 점점 나아진다. 속도는 느릴 수 있다. 중요한 전환기이므로 어려움을 극복하려는 시도는 근심 뒤의 성공을 맞게 한다.

연애≫ 본인의 결정이 상황을 좋아지게 만든다.

직업≫ 직장의 이직이나 이동으로 조금 여유로워진다.

7 칼

위험하고 불안한 시작이라 안정이 안 되고 책임을 회피하려는 마음도 있어 죄의식을 느낄 수 있다. 신중하게 생각할 시간이 필요하므로 정보와 자원을 충당시켜 재검토해야 한다. 말썽의 소지가 있는 시작이므로 문제의 해결력을 갖추는 것이 중요하다.

Seven of Swords

연애≫ 좋아하는 사람이 짝이 있는 사람일 수 있다(삼각관계, 불륜).
궁합으로는 싸움, 다툼이 있다.

직업≫ 탐욕을 통해 잘못된 자신감이 생겨서 위험한 생각을 하고 있다. 부분적 성공만 이룬다.

8 칼

자신감이 없어 스스로를 가둬둔 상태라서 마음이 분산되고 집중력이나 통일된 비전이 없는 상태이다. 에너지가 꽉 막히거나 일이 많아서 여유롭게 놀지도 못하고 고독하나 스스로 그렇게 만든 것이기 때문에 자신의 노력으로 극복해야 할 현실이다. 끈기가 부족하여 우유부단으로 인한 활동 제약되다보니 위기, 중상모략, 나쁜 소식, 질병, 비방에 휩쓸릴 수 있다. 하찮은 것에 신경 쓰며 경거망동하지 말고 좋은 방법이 나올 때까지 기다려야한다.

Eight of Swords

연애≫ 마음을 열지 못해서 우울하고 재미없다. 새로운 움직임이 없어 기회가 없다.

직업≫ 노력조차도 하지 않고 포기 하고 있다.

9 칼

Nine of Swords

근심걱정이 많고 주변상황이 좋지 않아 괴롭고 절망적이다. 삶에 대해 냉철하기를 거부하고 있어 마비된 상태이다. 초점이 없고 부정적인 생각에 잠겨서 자신의 고뇌를 더 크게 만들어 살아갈 위험이 높다. 지금은 고민을 해도 해결할 수 없는 문제이다. 지나간 일들을 회상하며 아파하는 것은 무의미하다.

연애≫ 헤어짐 같은 악몽만 생각하다 보니 우울과 고통으로 외롭다. 사랑하는 사람에 대한 근심, 연민이 생겨 어찌할 바를 모른다. 임신중이라면 스트레스로 인한 유산을 조심해야 한다.

직업≫ 현실적이기보다는 관념을 중시해 문제를 악화 시킬 수 있다.

10 칼

Ten of Swords

정신적 고뇌로 좌절과 절망이 현실로 다가와 갑작스런 근심이나 안 좋은 일이 생긴다. 해결할 방법은 많지 않으니 불안감과 괴로움에서 자신을 보호하는 방법뿐이다. 하지만 현재 상태는 끝나고 다음 단계의 재생이 기다리고 있으니 기대하는 마음으로 희망을 가져야 한다.

연애≫ 주변 상황이 힘들어 쓰디쓴 실망과 고통이 따른다. 상대가 있으면 과거가 복잡하고 없으면 문제가 복잡하다.

직업≫ 다른 사람들의 생각과 방법만 따르다보면 패배와 몰락이 따를 것이다. 지금은 변화기로써 새로운 에너지를 생성시킬 수 있는 기회이다.

칼 소년

머리가 좋고 판단력도 좋지만 예민하고 급하고 직선적이라 말을 함부로 하고 어긋남이 있다. 활기차고 이해가 재빠르나 상대의 감정보다는 자신의 입장만 고려한다. 친한 사람은 솔직한 표현을 이해할 수 있어도 그렇지 않은 사람들은 무뢰하다고 느낄 수 있다.

연애≫ 반감과 의심이 많아 연애가 원활하지 않다.

직업≫ 단체(학교, 소년원, 군대)에 소속된 직업, 서비스직, 승무원, 항공계통

Page of Swords

칼 기사

머리가 좋고 자기주장이 확실하여 사리분별이 있으나 겁이 없는 용감함으로 무모할 수 있다. 힘들고 난관이 있지만 나중에는 잘 될 수 있으니 장애물을 뛰어 넘어라. 카리스마는 있지만 계산적이고 고집이 세고 성급하여 믿음 부족으로 친구, 동료 간에 갈등이 생길 수 있다.

연애≫ 어중간한 친구 사이. 지금은 상대의 의견을 듣고 자기 생각을 설득력 있게 표현해야 다툼이 없다.

직업≫ 군인, 경찰, 유흥업, 유통업, 전문직
기술력과 신속한 업무추진력이 있어서 좋은 동업자가 될 수 있으나 마음이 떠나면 냉정하게 돌아선다. 시험을 앞두거나 사회 초년생으로 기대감과 긴장감이 있다.

Knight of Swords

칼 여왕

지적이고 자립심이 많으나 직선적이고 빈틈이 없는 논리적인 사람이라서 예민하여 외롭고 신경질적인 변덕을 부린다. 미래에 대한 작은 위험도 감수하지 않으려는 마음에 민감해져서 갈등이 많고 피로감에 쌓여 있다.

연애≫ 완벽주의라 별로 마음을 주지 않는다. 결혼에 대해 관심이 없다. 외로움과 슬픔에 빠진 여자로 미망인일 가능성이 있다.

직업≫ 전문직, 간호사, 의사, 교육자, 임상병리, 의료계 ▶ 자신의 경력을 쌓기 위해 결혼과 모성을 포기할 수 있으나 사회적 성공보다는 마음의 안정이 진정한 행복이라는 것을 인지해야 한다.

칼 왕

영민하고 분석력을 지닌 냉철한 사람으로 명령적이고 권위적인 독재가가 될 가능성이 많다. 물리적인 싸움은 피하는 신사적인 사람이다. 자신의 욕구나 감정을 억압하는 성향으로 겉으로는 냉정, 냉철해보이지만 속마음은 그렇지 않아 스스로 힘들고 외롭게 만들다보니 마음의 상처를 많이 받는다.

연애≫ 이해와 공감보다는 냉소적이라 상대에게 집중을 못한다.

직업≫ 판사, 고위관리, 의사, 사업가, 외교관, 변호사, 상담사 ▶어려운 시기에 혼란을 바로잡고 질서를 회복시킬 수 있는 예리함으로 사업적인 문제나 법적인 문제에 관해 정확한 결정을 내린다.

🔘 점성학적 원소; 물
🔘 계절; 봄(여름)
🔘 동물; 사람
🔘 기간; 몇 일
🔘 방위; 서쪽
🔘 정, 사랑, 감정, 눈물
➡️ 의미; 인간관계, 대인관계, 정신능력, 낙천적이고 착하다.
➡️ 건강—건망증, 술 조심, 간, 자궁 질환 (성병) 비뇨기과, 망상

에이스(Ace) 컵

새로운 감정의 시작으로 결혼에 대한(인연에 대한) 마음의 준비를 뜻한다.

무조건적인 사랑(모성애), 순수한 사랑의 감정이 시작되는 기회로 강력한 감정이 부활한다.

친절, 행복, 포용력, 탄생(다산)을 의미하기도 한다.

연애≫ 좋은 마음으로 새로운 애정관계가 시작된다.

직업≫ 열정을 느끼게 하는 사업에 착수한다.

2 컵

새로운 사람을 만나 새로운 연애가 시작되어 결혼관계를 맺는다. 서로 상반된 사이의 온화한 조화를 이루는 사랑을 나눈다. 익숙한 사이라도 서먹서먹한 관계가 될 수 있다.

연애≫ 상호 협력적이고 이해심이 결합한 열정적 감정이다. 바람기는 있다.

직업≫ 우정, 동업, 새일, 사업이 잘된다

3 컵

친구들과 사교성이 좋아 인간관계가 잘 이루어
진다. 주변 사람들과 좋은 일이 있을 것이다.

행복한 축제, 출산, 풍요, 성적쾌락, 행복한 시
간, 화해, 성취감, 만족스런 결과, 문제의 해결,
치유, 우정을 나타낸다.

연애≫ 첫눈에 반하는 다이나믹한 사랑을 한다.
우정에서 사랑으로 발전할 수 있다(또래관계).

직업≫ 취직(사업)이 되어 긍정적인 결과로 즐거
움이 생긴다 .

Three of Cups

4 컵

가족, 가까운 사람들한테 스트레스로 인해 권태
기, 피로, 지루함, 지치고 고민거리에 사로 잡혀
있어서 기회조차 놓치고 있다.

과거 경험의 후회로 적대감, 배척감, 실망이 묻
어있어 무기력하고 무관심해져졌다.

연애≫ 외로움을 느끼나 불만스럽고 따분하다.
새로운 인연으로 낡은 문제에 대한 새로운 접근
법이 필요하다.

직업≫ 가치체계를 다시 세워서 새로운 가능성
으로 활동하라. 강력한 세력으로부터 도움을 제
공 받는 시점이 될 수 있다.

Four of Cups

5 컵

Five of Cups

인간관계의 실패로 사람들에게 실망스럽고 비탄에 빠져 과거 추억을 회상하는 것 밖에 할 수가 없다. 정서적인 상실감으로 사랑 없는 결혼, 진실 없는 우정, 또는 이혼과 같은 일시적인 지연이나 손실과 실망의 상황이다. 하지만 인생은 진행 중이니 작은 것을 확장시켜서 생각하기 보다는 남아있는 것에 대한 관심과 애정을 쏟을 때다.

연애≫ 불완전한 연애로 사랑하는 사람과 이별하고 관계가 깨질 시기를 암시한다.

직업≫ 사람으로 인해 금전에 대한 손실(부분적)과 발전이 저해되고 조화가 깨진 상태다.

6 컵

Six of Cups

과거의 행복했던 기억(어린 시절 포함)이나 과거의 사랑, 과거와 연관된 인간관계에 대한 재회의 상징이다. 과거의 좋은 상황(관계)은 현재에서는 긍정일 수도 부정일 수도 있으니 기대를 하지 않는 것이 좋다.

연애≫ 빛바랜 추억 속에 향수에 젖어있으니 현실을 직시해야한다.

순수하고 부담스럽지 않는 사랑을 원하나 시련과 갈등이 있을 수 있다.

직업≫ 경험 했던 직업(전공 포함)을 하는 것이 좋다

7 컵

현실적으로 단 하나도 주어지지 않지만 환상, 망상으로 허황된 꿈을 꾼다.

주변도움이나 상황이 별로 좋지 않으나 모험의 필요성을 암시한다.

지금 하지 않으면 성, 패를 알 수 없기 때문이다. 인간관계는 좋은 편이니 성공(금전)하려면 실속 있는 관계로 발전시켜야 한다.

연애≫ 유혹, 바람기가 많고 밝히는 남자에게 나온다. 주변에 여자가 많을 수 있다.

직업≫ 목표나 계획을 다시 한 번 검토할 필요가 있다. 대인관계로 도움을 받아 일거리(사업)를 잡아라.

Seven of Cups

8 컵

사람이나 상황 때문에 실망감이 있다든지 의욕 상실이다. 무기력하여 인간관계를 정리하고 새로운 곳으로 향하고 싶다.

새로운 것을 위해 낡은 것들을 폐기하고 후퇴한다. 다시 되돌아 오더라도 지금은 감정적으로 성가신 일에서 벗어날 때이다.

연애≫ 순수한 감정이지만 지금은 때가 아니라고 생각해서 주변에 대한 의무로 인해 사랑은 뒤로 밀쳐진다.

직업≫ 회사를 그만두고 싶다든지 어떤 일의 시작과 종료를 뜻한다. 다른 일을 하고 싶어도 과거와 비슷한 업종을 선택할 것이다.

Eight of Cups

9 컵

인기가 있어서 친구가 많고 인간관계가 성공적
이다. 좋은 건강도 지니고 어려움이 극복되어
물질적인 성공(소원성취)으로 자기 만족감이 있
다. 좋은 쪽으로 생각하려는 마음이 강하여 긍
정적 에너지를 유지시킨다.

연애≫ 원하는 사랑을 얻을 수 있다.

▶ 바람기가 있다.

직업≫ 당신에게 운이 좋은 때로서 이익적이고
행복한 기쁜 일이 있을 것이다.

10 컵

완전함과 완성의 단계로 평화롭다. 갈망하는 바
를 성취하고 감정적 문제들이 해결되어 원만한
인간관계를 지속한다.
장남, 장녀(효자, 효녀, 마마보이)의 역할을 중요시
하여 자신의 가족애게만 애착을 가진다.

연애≫ 서로 만족한 관계로 연애가 잘되 화목한 가
정을 이룬다.

직업≫ 목표가 어떤 분야이던지 만족할 만한 결
과를 낳을 수 있다

컵 소년

부드러운 천성과 낭만적이고 호감이 가는 첫인 상이며, 정이 많고 감수성 예민하여 예술적 재능이 뛰어난 사람이다.

자신은 별로 돈이 없지만 집이나 주변 사람들이 넉넉해 도와주는 사람이 많다(인덕). 탄생을 의미하기도 한다.

연애≫ 사랑받고 싶은 욕구로 애정과 새로운 관계에 적극적이다.

직업≫ 패션 디자인, 스타일리스트.

▶ 사업은 도와주는 사람을 확보한 후에 현실적이고 계획성 있게 진행하면 잘 될 수 있다.

Page of Cups

컵 기사

섬세한 매력과 부드러운 애정이 깊은 사람으로 예술적 재능과 시적인 재능이 뛰어나다.

백마 탄 왕자의 기분으로 결혼 신청 할 수 있으나 미래에 대한 계획은 아직 미비하다.

연애≫ 첫눈에 반하고 첫 느낌이 좋다. 바람기가 있고 비밀이 있는 연애의 가능성이 크다.

직업≫ 유흥업, 방송계통, 연예인, 유통업

▶ 새로운 기회(제안)들이 나타날지 모르니 자신감으로 결단성을 발휘하라.

Knight of Cups

컵 여왕

감성적이며 부드러운 천성을 타고나서 푸근한 어머니의 마음으로 베푸는 헌신력도 있다. 직관력이 뛰어나고 머리가 영리하나 감정기복이 심하고 성격이 까다로워서 다혈질적이며 냉정한 면도 있다. 자기 생각에 도취되어 정체성이 없다.

연애≫ 그 사람을 사랑하고 있고 잘 대해주지만 변덕이 심해서 갈피를 잡을 수가 없고 본인의 성격 때문에 힘들다. 궁합카드에서는 자신의 성격 때문에 상대가 힘들고 괴로워서 떠난다.

직업≫ 교사, 간호사, 상담사, 학자, 보험, 예술계, 패션계 ▶ 언변력을 활용할 수 있는 직업이 좋다. 지금은 변화할 수 있는 운이 좋지 않다는 것을 깨달을 때다.

컵 왕

착하고 너그럽고 인자하며 이해심이 많고 마음이 넓지만 감정에 휩쓸릴 수 있다. 부드러운 아버지상으로 자기 안에서 끊임없이 투쟁하고 자신의 표현능력을 제한하며 대결보다 평화를 중시해서 밖으로 표출하려는 야망을 제한한다.

권위보다 정을 우선시하여 혼란스러움으로 계획이 무산될 수 있으니 잘 판별해야한다.

연애≫ 이성관계는 우유부단하나 주변 이성에게는 잘 대해줘서 상대가 항상 바람기를 의심하고 있다. 궁합카드에 나오면 여자보다 남자가 더 좋아한다.

직업≫ 교수, 교육자, 공무원 ,의사, 법, 예술 분야의 전문가

금 화
Pentacles

- 점성학적 원소; 흙
- 계절; 겨울
- 동물; 소
- 기간; 몇 년
- 방위; 북쪽
- 묘사; 돈

➡ 풍성함, 안정성 우선, 기술, 노동의 대가, 지식축적, 기술 개발, 일, 물질주의, 세속적 세계, 육체적 건강을 뜻한다.

➡ 연애적인 감정은 많지 않고 정이 많이 들었다 .

➡ 건강–좋으나 피로가 쌓여 건강을 해칠 수 있으니 무리하지 마라.

▶금화 에이스를 포함하여 다른 카드 2장과 주변 카드가 좋으면 성공적이다.

에이스(Ace) 금화

Ace of pentacles

금전과 함께 새로운 시작이다. 창업, 확장, 물질적 번영과 정신적 부유를 가져다줄 아이디어로 사업의 기회를 나타낸다. 금전적 수익을 얻을 수 있어서 이상적인 만족과 경사가 행복을 선사한다. 새로운 계획을 실현시켜 줌으로서 지금은 물질적으로 아주 안정되어 있고 현실적인 힘이 넘친다.

연애≫ 서로 신임하고 있다.

직업≫ 자기 뜻을 세우고 사업적인 구체적 계획과 행동을 취할 태세이다.

2 금화

Two of pentacles

두 가지의 일을 계획하고 있어 갈등이 있다.

재정적인 복잡한 일의 능숙한 처리를 요하는 어려운 상황에 놓일 수 있다.

금전 때문에 난처한 새로운 고민거리를 해결하기 위해서는 노력과 모험이 필요하다.

사업과 관련된 여행 운이 있으니 융통성을 발휘하여 변화를 기회로 삼아야 한다.

연애≫ 양다리일 가능성이 있거나 이익을 위해서 빠져보거나 헤아리고 있다.

직업≫ 금전적으로 필요 충당이 되지 않아 난감하나 겨우겨우 해낼 수 있다.

3 금화

취업(사업)이 되어 시작 시점에 있다. 차차 돈이 들어 올 것이나 숙련된 기술이 필요할 때다.

예술적 재능, 존엄, 명성, 지위를 얻고 새로운 사람들이나 친구들이 많아져서 마음에 맞는 파트너를 만나니 동업도 좋다.

연애≫ 모임, 소개팅, 새로운 만남을 많이 하게 됨으로 새로운 사람이 생길 가능성이 크다.

직업≫ 손재주가 뛰어나니 기술직이나 활동성이 활발한 직업이 좋다.

Three of pentacles

4 금화

욕심이 많고 자기중심적인 사람으로 구두쇠 기질이 있다. 돈을 좋아하고 야무지나 재물에만 집착하여 마음의 여유가 없음으로 베풀지 않는다. 돈에 대한 집착 때문에 다른 분야에 노력을 기울일 수 없어서 두려움으로 전환될 수 있으니 주의하라. 진정한 안정은 물질적인 재산만이 아니라 내면의 가치도 중요하다는 것을 알고 너그러운 마음을 가지면 마음이 편안해져서 에너지도 증진될 것이다.

연애≫ 겉으로는 소유하려는 마음을 보이지 않으나 속마음은 집착한다. 손해보기 싫어 한다.

직업≫ 교육, 강의, 그룹 리더, 사업

Four of Pentacles

5 금화

Five of pentacles

외면, 내면으로 의지할 곳이 없어 외롭고 사람들에 대한 실망감이 크다. 근심과 스트레스로 고통스럽고 금전적으로도 손실과 실수가 많아서 궁핍하다. 금적적인 부담과 갈등으로 사업이 힘들지만 다른 아이디어로 방향전환을 하여 추진한다면 원하는 바를 얻을 수 있다.

연애≫ 군대, 유학, 출장 장거리 등으로 떨어져 있어 외롭다. 여러가지 생각이 많다.

▶ 2번 난이와 같이 나오면 90%떨어져 있는 커플일 가능성이 크다.

직업≫ 다른 직업으로 전환을 고민한다.

6 금화

Six of pentacles

돈이 없는 건 아니고 나갈 돈이 많아 모으지 못한다. 가식이 없는 진정한 친절과 관대함으로 베푼다. 돈에 대한 개념이 별로 없어서 자비를 베푸는 자선 사업(박애주의)이 좋다. 자산을 돌보지 못하면 대출을 받을 필요가 있을 수 있다.

연애≫ 동정심과 불쌍한 마음으로 베풀어 주는 마음이다.

직업≫ 사회복지사업, 자선 사업, 봉사자, 사회 사업

▶ 직장 운, 금전 운에서 나오면 수입은 있어도 주변사람에게 많이 나간다.

7 금화

해야 할 일이 많지만 권태기로 인해 나태한 마음이 들어 일하기 싫고 쉬고 싶다. 지속적으로 집중하는 곳이 없고 목적의식이 없으면 목표를 달성하기 어렵다(노력 부족). 갈림길에 서 있을 수 있지만 자기신념을 갖고 계속 해나간다면 보상은 따를 것이니 성실히 진행하는 것이 좋겠다.

연애≫ 권태기를 느끼거나 많이 지쳐서 모든 일이 귀찮다.

직업≫ 일하기 싫고 쉬고 싶다.

Seven of pentacles

8 금화

성실, 근면, 소박한 사람으로 새로운 일을 배우고 일 자체를 즐김으로 장인 정신이 있으니 나중에는 수입이 많아질 것이다.

부지런한 노력으로 성공의 기초를 형성하는 노력가이니 취직의 가능성은 많다.

연애≫ 착하고 성실하며 책임감과 인내심을 가지고 있다.

직업≫ 예술가(예체능에 소질), 전문직

▶ 주의; 사소한 것에 너무 몰두하는 경향으로 큰 것을 놓칠 수 있다.

Eight of pentacles

9 금화

Nine of pentacles

스스로 해내는 독립심과 자유의 욕구가 강해 거만한 모습이다. 화려함을 추구하고 부자가 되고픈 욕망이 많다. 물질적 안정을 취해 혼자만의 시간을 갖고 싶다.

연애≫ 정이 들어서 만나고 있지만 사랑하지 않는다. 다른 사람과의 만남에 가능성을 늘 열어두고 있다. 인기 있고 주위에 사람들도 많으며 바람기가 있다.

직업≫ 보석상, 액세서리, 교육 감정사, 상담

▶ 기대하지 않았던 쪽에서 소득이 올라가고, 사업운의 미래에 나오면 돈을 많이 번다.

10 금화

Ten of pentacles

물질적, 정신적인 모든 것을 얻어서 넉넉하고 안정된 가정과 직장에서도 사회적 지위 상승으로 행복한 사람(부유한 가정출신)이다.조상이나 친족에게 유산과 전통의 계승을 우호적으로 분배 받을 수 있다.

연애≫ 진행이 잘되어 행복한 가정생활을 할 수 있다. 결혼을 희망한다.

직업≫ 미래 사업 운은 큰 사업 기회나 승진으로 성공하여 돈을 많이 번다.

▶ 돈 때문에 가족 간의 갈등이 생길 수 있으니 자만심과 거만함을 버려라.

금화 소년

공부, 학업 카드로 지식을 탐구하고 배우고 싶어 하는 욕망이 있다. 철이 없고 변덕이 심하고 주관이 없어서 아직 이룬 것이 없지만 새로운 비전을 위해 열심히 노력한다면 좋은 기회가 온다. 지금 만족하지 못하여 직업 전환의 필요성을 느낀다.

Page of pentacles

연애≫ 귀엽고 철이 없어서 아껴주고 싶고 챙겨주고 싶은 모성애가 느껴지는 사람(연하)이다.

직업≫ 부동산업, 호텔리어, 서비스직

▶ 돈에 집착하는 마음은 있으나 아직은 현실적이지 못함으로 장래 상황을 주시하라.

금화 기사

까다롭고 고집이 세고 안정을 추구하는 개인주의적이다. 일은 천천히 시작하지만 성실하게 임무를 확실히 완수한다. 규칙적이고 참을성이 있고 부지런하여 믿음직한 사업가 스타일임으로 활동력은 곧 돈과 연결되어 있다. 질서가 잘 잡힌 곳에서 일하기를 좋아한다. 경제적인 성공을 이루기 위해서는 심지를 굳건히 하고 언행을 일치시켜야만 목적달성을 이룬다.

Knight of pentacles

연애≫ 동료나 친구 같다. 노력하지 않는다.

직업≫ 회사원, 세일즈맨, 종교인, 교수

▶ 현재 카드에 나오면 직장동료와 갈등이 생길 수 있다. 승진, 보직이동으로 조건이 좋아지고 주식 투자 운에도 좋다.

금화 여왕

Queen of pentacle

금전적으로나 정신적으로 안정된 상태라면 교양미와 지적인 면모를 보인다. 현실적이고 이기적인 면도 있어서 자신과 자신이 좋아하는 사람들에게는 사치스럽고 시간과 돈이 많은 부르주아 성향을 보인다. 힘들 때 세속적인 육신에서 벗어날 방법으로 약물을 이용하거나 남용할 경향이 있으니 주의하라(게으름).

연애≫ 감성이 부족하여 적극적이지 않다.

직업≫ 전업주부(현모양처), 자영업, 사업가, 고위공무원, 교육자

▶ 일에 대해서는 피곤하고 하기 싫으나 현실성이 있으므로 시작하면 집중력으로 돌진한다.

금화 왕

King of Pentacles

누구와도 쉽게 협상과 거래할 수 있는 사교적 수완가이다. 기초가 탄탄하고 예민한 판단력으로 재물을 획득할 수 있는 능력이 뛰어나다. 엄숙함과 권위가 있어서 신뢰할 수 있는 혼인 상대나 충실한 친구이다. 자신의 천직이나 사업으로 완벽주의자답게 계산적으로 행동하고 돈과 권력을 좋아해서 성공에 관심이 많다.

연애≫ 고지식하고 고집이 세고 권위주의자라 답답하고 까다로운 성격(집착)에 말을 함부로 한다.

직업≫ 은행, 금융계통, 현명한 투자자, 사업가, 부동산업, 사채업, 주식, 사업가적 통찰력으로 장사하는 사람.

▶ 9컵이 함께 나오면 많은 사람들이 도와준다.

12별자리 운명

① **양자리** 이상을 향해서 전진하는 것이 양자리의 일생.
변화가 많은 인생이나 주위에 개의치 말고 의지를 펼쳐 나가라.

② **황소자리** 착실한 삶의 방식으로 자신의 꿈을 실현 시키는 황소자리.
어려운 일도 능히 극복할 수 있으니 끈기로 성공을 거두어라.

③ **쌍둥이자리** 계획은 멋지게 세우지만 곧 마음이 변한다.
인생을 바람처럼 살아가고 있다. 실패에 좌절하지 않는 각오를 가져라.

④ **게자리** 편안히 지낼 가정을 갖는 것이 인생의 목표이다.
주의할 것은 남의 도움을 기대하지 않으면 운은 상승한다.

⑤ **사자자리** 혼자서도 남부럽지 않게 살아갈 사람.
희망을 크게 갖는 것이 인생을 보다 좋게 한다.
노력과 끈기가 운을 상승 시킨다.

⑥ **처녀자리** 계획을 단단히 세워서 계속 노력.
그러나 완전한 것을 추구하므로 불만이 많다. 마음의 여유를 가져라.

⑦ **천칭자리** 남에게 폐를 끼치는 것을 가장 싫어함.
위험한 일에는 손데지 마라. 자기 분수를 지켜야하는 운명이다

⑧ **전갈자리** 스스로 운명을 개척해 나가는 사람.
노력한 것은 나중에 보상 받는다. 정열을 쏟으면 활력과 운이 상승한다.

⑨ **사수자리** 물질에 집착하지 않는 인생.
자유롭고 낙천적인 생활방식이 어려움조차도 즐기는 편이다.
곧 행운이 다가올 것이다.

⑩ **염소자리** 똑바로 현실을 인식하며 운을 펼쳐갈 사람.
평안하게 안정된 일생을 보낼 것이다. 노력하여 야심을 성취하라.

⑪ **물병자리** 개성적으로 정말 자기가 좋아하는 생활을 할 사람.
굴곡이 심한 인생이지만 그때마다 강인함도 몸에 밸 것이다

⑫ **물고기자리** 고생이 많을지도 모르지만 피할 수 없는 것이다.
큰 흐름을 놓치지 않으면 행운을 잡을 것이다 전진만 하라.

자주 하는 질문

1. 왼손을 사용하라는 이유는 무엇일까요?

◉ 왼손의 사용은 심장과 가깝고 감성을 주관하는 우뇌를 자극하며 잘 안 쓰는 손을 쓰는 만큼 집중하라는 의미이지만 상관은 없다.

2. 본인이 본인의 타로를 보는 것도 가능한가요?

◉ 가능하다. 보통은 자신의 운을 리딩하는 것은 스스로의 편견이 많이 들어가서 해석이 잘 안되어 고민하는 경우가 많지만 각자 취향이다.

3. 카드를 뒤집을 때 어떻게 뒤집나요?

◉ 가능하면 왼쪽(오른쪽)에서 오른쪽(왼쪽)으로 돌리면 된다.
(이 경우 뒤집혀있던 것이 위/아래가 바뀌지 않는다) 간혹 아래에서 위 (위에서 아래) 돌리는 경우가 있는데 이 경우 정/역을 사용하는 사람들은 카드방향이 달라지나 정 방향만 사용할 경우 상관없다.

4. 한번 본 운세는 왜 자꾸 보면 안 되나요?

◉ 처음에 뽑은 카드가 순수한 마음이라서 내면이 비춰지지만 해석을 듣고 난 다음에는 복잡한 마음이 생기고 에너지 전환이 이루어져 다른 해석이 나올 수가 있다.

5. 모든 스프레드(배열법)를 다 알아야 하나요?

◉ 모든 배열법을 알 필요는 없으나 기본적으로 잘 알려진 4~5가지 배열법만 알고 있어도 무방하다.

6. 질문자가 없는 상황
(예: 어머니가 대신하여 딸의 시험 합격 운을 보는 경우)도 가능한가요?

◉ 질문자가 상담 대상자와 밀접한 관계로 많은 상황을 공유하고 있다면 가능하다

타로를 리딩할 때 기억하기

인생이라는 것은 모든 것이 얽히고 설켜있는 것이라 어느 하나만 좋을 수는 없고 하나만 나쁠 수는 없는 것이다. 예측하지 못한 것으로 인해 나빠지고 좋아지고 하는 것임으로 내담자가 어디에다 가장 중점을 두고 사는지가 중요하다.

다른 상황이 모두 긍정적인데 자신은 왜 힘들어 하는지, 아니면 반대로 다른 상황이 모두 힘든데 긍정적인 마음은 어디에서 나오는지를 먼저 파악하고 성격이 강한 내담자에게는 단언적인 이야기는 피하되 너무 약한 내담자에게는 걱정거리를 확대 시키지 말고 긍정적으로 이끄는 것이 중요하다.

사람들은 답답함이나 힘듦이 타로카드가 확 풀어주기를 기대하고 상담하지만 결국 자기 몫이므로, 스스로 문제 인식을 하지 못하고 의지력이 없는 내담자에게는 카드도 답답하게 나올 뿐이다. 그럴 때는 문제점과 해결점을 일러주고 작은 기간을 정해(3주 정도가 적당)서 목표를 주고 희망을 가질 수 있도록 돕는 것이 좋다.

기간이 지나 다시 찾을 때는 그동안의 여정을 파악을 한 후 격려와 한 단계 발전을 시켜줄 필요가 있다. "사주는 못 바꿔도 팔자는 고칠 수 있다"고 했다. 문제를 알고 정답을 찾는 것은 자신의 노력이지만 거기에는 리더자의 도움자도 필요한 것이다.

배열법(SPREAD)

배열법은 타로를 리딩하는 데 필수 요소이다.

카드를 정해진 특정한 위치에 놓음으로서 많은 해석들을 바꿔주는 역할을 하고, 리더는 카드를 배열하면서 예담자에게 설명 전에 카드 배열의 전반적인 느낌을 잡는 것이 중요하다.

배열법의 종류는 원 카드 배열법부터 수천가지가 넘을 지도 모르지만 모든 배열법들을 외울 필요는 없고 4~5가지만 훌륭하게 사용해도 실력자가 될 수 있다.

그동안 사용했던 배열법 중 내담자와 상담하면서 일반적으로 광범위하게 사용할 수 있는 쉽고 유용한 배열법이라고 생각했던 것들을 소개한다.

❶ 9장 배열법 – 모든 질문에 사용 가능한 배열법

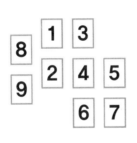

①먼 과거
②현재 상황 (마음가짐)
③가까운 과거
④장애물, 목표
⑤현재 상황 (마음가짐)
⑥미래 전망
⑦미래 결과
⑧,⑨질문자의 현재마음

❷ 선택 배열법 – 두 가지 이상의 선택의 기로에 섰을 때

⌺ 임의로 한 가지씩 기호를 붙여 생각해 나누게 하고 차례로 뽑는다.

①먼 과거
②가까운 과거
③현재 상황
④가까운 미래
⑤먼 미래

❸ 궁합 배열법 – 내담자의 마음이 더 반영

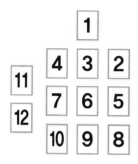

①상대방이 나를 바라보는 시각
②상대방이 나에게 향한 현재 마음과 행동
③둘의 궁합(내담자의 마음이 더 강함)
④내가 현재 상대방에게 느낀 마음과 행동
⑤상대방의 바람기
⑥나는 왜 그 사람을 좋아 하는가?–상대방의 사회적 성격, 집안, 현재 상태
⑦나는 결혼을 생각하고 있는가? – 오래 지속할 마음
⑧미래(6~12개월)의 내가 계획한 관계성
⑨상대방의 경제력, 능력, 현재 일의 성공, 실패, 직장, 건강
⑩우리는 결혼 후 행복할 수 있을까?–결론
⑪,⑫ 내담자의 현재 마음

▶남, 녀 궁합뿐 아니라 동업, 가족, 친구관계에도 적용가능하다.

▶궁합자리(3번)에 카드는 뽑은 사람 마음이 더 강하게 나오므로 2번 자리와 4번 자리를 절충하여 그 사람의 마음을 읽는다. 궁합자리에 왕과 여왕이 나오면 각자 주장이 강하기 때문에 잘 맞지 않는다.

▶여자가 임금이나 마이너 왕, 용기 카드를 뽑으면 당차고, 야무지며 활동적이므로 능력이 많은 사람이다.

▶5번 자리에 도깨비, 2컵, 연인, 10지팡이 카드를 뽑으면 짝사랑 하고 있거나 새로운 다른 애인이 있을 수가 있다. 그리고 저승, 붕괴 카드가

나오면 과거의 헤어진 사랑과 다시 만나고 싶거나 헤어 진지 얼마 안된 상태다.

▶10번 자리에 헤어지지 않을 카드는 세계, 스승, 운명의수레바퀴, 매달린 사람, 10컵, 10금화, 4나무, 컵 기사, 6컵 이다.

* 태양 카드와 3 나무 카드는 애정 운에서는 빠른 결혼보다 편안한 친구 사이이다.

❹ 전체 운세 배열법(여러 가지 운세를 통합적으로 구성)

①나의 현재 상황
②나의 현재 금전 운
③형제. 자매 운(주변 사람 운)
④부모 운(어머니)– 부모가 나에게 끼치는 영향
⑤연애 운(자식 운)–이성에 대한 마음
⑥레저, 내부활동, 건강 운–외적으로 보여주고 싶은 내모습
⑦결혼 운(남편)–결혼에 대한 마음
⑧나를 도와주는 사람 운 (새로운 사람 운)
⑨횡재 운. 학업. 시험. 진로, 직장, 이사 운
⑩부모 운(아버지), 직장상사, 사회선배, 윗사람 운
⑪친구 운 (친구가 나에게 미치는 영향)
⑫내가 모르는 내면의 자신
⑬결론
ㅁ 3장 배열법을 활용하여 현재, 일의 진행, 미래 진행, 결과 순을 대각

선으로 해석한다. (예시 1번 자리 현재 상황 해석은 1→13→8번)

♤ 위의 배열법은 1년 운세로 사용해도 무방하다.

♤ 1년 월별 운으로 볼 때는 1번~12번은 1월~12월로 보고 13번은 총운으로 본다.

❺ 자아 운 배열법

켈틱 클로스를 인용하여 직접 만든 배열법이다.

현재 자신의 상태를 알고 싶을 때나 삶에서 방황하고 있을 때, 자신을 파악하는데 유용하다.(현재를 기준으로 한 자기 상태이다)

①원자아(id-원초적 나)
②초자아(superego-포장하는 나)
③마음(감성)
④두뇌(지성, 이성, 논리)
⑤지내왔던 과거
⑥앞으로의 계획과 열망
⑦남에게 비춰지는 나
⑧ 자아(ego-내가 판단하는 나)
⑨ 미래 목표와 이루려는 결과에 영향을 미칠 걸림돌
⑩ 결과(결론)

♤ 그 밖에 여러 가지 배열법들이 수없이 많으니 스스로 연구 하면서 공부하길 바라며, 만약 자신이 배열법을 만들어 사용할 때는 임상 시연을 하여 그것을 토대로 타당성과 신뢰도가 있어야 만이 실전 사례에 사용될 수 있다

알아두면 리딩이 즐겁다

◐ **좋은 카드**
  10컵, 10금화, 3컵, 3금화, 3나무
◐ **안 좋은 카드**
  10나무, 10검, 5검, 5컵, 5나무, 5금화, 3검
◐ **취업카드**
  8금화, 연인, 악마, 탑, 세계
◐ **이직카드**
  나그네, 연인, 운명의 수레바퀴, 도깨비, 달
◐ **바람기 카드**
  컵 기사, 컵 소년, 컵 왕, 나무 소년, 도깨비, 전술사, 7컵, 연인
◐ **결혼카드**
  왕비, 컵 왕, 컵 기사, 4나무, 황제, 스승, 10금화, 10컵, 모든 에이스, 결혼해도 무방하다.
  그러나 칼이나 안 좋은 카드가 나오면 결혼에 대해 고민중이다.
◐ **재수(대학) 해도 좋은 카드**
  왕비, 임금, 스승, 난이, 금화소년
◐ **합격 카드**
  왕비, 해, 임금, 거북선, 업보, 세계, 4나무
  어떤 시험인지 꼭 물어보고 공무원, 임용고시, 좋은 학교들은 시간이
  좀 걸리고 힘듦을 각오하라고 상담한다.
◐ **사업가 카드**
  임금, 거북선, 금화 왕, 금화 여왕, 왕비, 해, 용기
◐ **목표달성 카드**
  나무 기사, 왕비, 3컵, 임금
◐ **중립 카드**
  운명, 절제, 정의, 업보
◐ **리더십 카드**
  여왕, 왕 카드는 자존심이 세고 머리가 좋은 편이며 책임감이 있다.
  그러나 지팡이 여왕, 지팡이왕은 계급은 높으나 이동성 활동력이 없다.

○ 학업 카드
　절제, 정의, 검 기사, 금화 소년, 난이, 스승, 왕비, 임금
　▶ 금화 소년 카드는 활동적이면서 공부를 해야 할 사람이다.
○ 금전에 최고 좋은 카드
　▶금화 왕, 금화 여왕, 임금
　▶왕 카드 중 칼 왕이 돈이 제일 없다.

♠ 카드가 의미하는 시간

메이저카드		마이너카드				
번호	시기-월			검	금화	컵	지팡이
0	10,11						
1	3, 4, 5			가을	겨울	여름	봄
2	8,9			9	12	6	3
3	4, 5, 6			12	12	6	3
4	3,4, 11,12			9	12	6	3
5	3,12			7	4	10	7
6	5, 6			1	4	10	7
7	6, 7			1	4	7	7
8	7, 8, 11			5	10	2	11
9	1,8,9,12			8	8	2	11
10	3, 6, 9, 10			5	8	12	11
11	9	왕		1,2	3,4	2,3	11,12
12	10,11	여왕		4,5	8,9	10,11	7,8
13	10,11	기사,소년		5,6	4,5	6,7	3,4
14	9,10,11						
15	11, 12, 1						
16	9, 10,11						
17	8,9						
18	1,2,12						
19	5, 6						
20	1,2						
21	4,5						

♤ 생일로 풀어보는 성격분석(메이저카드)

예)1970년 6월 21일생   현재시간 2017년

```
1970                    2017
   6                       6
+ 21                      21
―――――――――――――――――――――――――――――――
1997  = 1+9+9+7=26(8)   2044   = 2+0+4+4=10
```

★위 사람의 성향은 밖으로 들어나는 성격은 8번(22장의 카드임으로 22숫자가 지나치면 다시 합쳐서 카드에 있는 숫자로 만든다. 0은 22번으로도 읽고 4번으로도 읽는다)이고, 자신의 내면은 1997의 마지막 숫자인 7번의 성향이 짙다.

★올해의 운도 같은 방법으로 하면 된다.
당해 연도와 생일을 더해서 나온 10번이 올해의 전체적 운세이고 2044의 마지막 숫자인 4번은 전체적 운을 보조해주는 운세 숫자이다.

기억력을 향상 시키는 법

● 최초 글자 법: 최초의 글자만 따서 기억하는 방법. 반복적인 노력이 필요함
● 이야기 법: 단어와 단어를 이야기 형식으로 만들어 연결하는 방법
● 시각화법: 외워야 할 것을 그림과 같이 기억하는 방법
● 링크 기억법: 계속 연결 지어 생각하는 방법
● 기타: 심상법, 암송법, 키워드법 등 다양

마치면서

타로는 타고난 운명을 풀어주는 기존 점술과는 달리, 다양한 이미지와 화려한 색채의 상징적이고 은유적인 그림이 그려진 78장의 카드를 스스로가 선택하게 하는 것이다. 그런 후 정해진 배열법에 맞추어 그동안의 의문사항을 개인적인 문제와 사항에 접목시켜, 논리적으로 풀어간다. 그러면서 원인을 지각하고 해결점을 찾아 미래를 예측하는데 도움을 주는 예언적 점술이다. 이러한 타로는 국내에서도 색다른 재미와 신선함을 갖추어 현재까지 좋은 반응에 타로 인구가 늘고 있고, 자신에게 맞는 타로 디자인에 관심을 보이고 소장 카드를 결정하고 있다. 또한 상담 현장에서도 상담 매체로 활용되면서 타로의 의미가 재구조화 되고 있는 것이 현실이다.

현대에 전 세계적으로 대중성을 갖는 웨이트 계열 타로가 정통 클래식 카드에 비해 섬세한 상징성과 다양한 색채 사용으로 대중에게 자리매김하고 있다. 또한 현재도 수많은 새로운 디자인의 타로가 출시되고 있고 동양의 예로서는 일본과 중국이 동양풍의 웨이트 계열의 타로를 제작하여 해외에서 좋은 반응을 얻고 있다. 이처럼 자국의 전통과 미적 특색을 살린 카드는 그 나라의 역사와 철학은 물론 문화까지도 널리 알릴 수 있는 좋은 계기가 될 수 있다.

뷰티플 코리아 타로카드는 한국형 타로 디자인을 통해 한국의 역사와 전통을 되돌아볼 수 있는 기회가 되고, 많은 서양식 타로의 발달 속에서 한국형 타로가 새로운 변화로 성장하는 계기가 될 것에 의의를 두고 디자인하였다. 또한 실제 상담현장에서 의사소통 매개체로서의 가능성을 시도하고자 하였다.

　그 결과 78장의 타로 카드에 한국적 이미지와 예술치료 개념을 도입하여 실제 현장에서 타로 리딩을 하고 있는 소수의 리더들의 반응을 살펴보았다. 결론은 이미지 리딩과 기능적 측면의 해석이 가능하다는 것과 내담자들 역시 친숙한 이미지의 타로에 적극적 반응을 보이며 공감대 형성에 많은 도움이 되었다고 하였다. 또한 일부 심리센타에서의 내담자들은 방어적인 자세가 누그려졌으며 거부감 없이 호기심을 보이는 반응이 있었다. 특히 청소년들과의 상담 과정에서는 라포형성을 하는 도구로 유용성이 있었다.

　앞으로 본 뷰티플 한국형 타로가 미적 가치와 타로의 고유 기능 및 예술치료의 색채나 형태, 상징체계를 가지고 있으므로 타로 상담은 물론, 사고나 감정, 행동들에 대한 지각과 개선을 위한 내면의 표현 도구로서 예술치료 현장에서 활용할 수 있는 보조 매체로의 역할을 기대해 본다.
　마지막으로 옆에서 응원해준 가족과 나의 절친들에게 고맙다는 인사를 보낸다.

2017. 10

● 참고 문헌

김동완(2013). 타로카드 완전 정복. 서울: 동학사.

마노 타카야(2000). 신은진 역. 판타지 라이브러리 시리즈 4권 천사. 서울: 들녘.

정광조, 이근매, 최애나, 원상화(2013) 예술치료. 서울: 시그마프레스.

정재윤, 정성윤(2004). 정통 타로카드 배우기. 서울: 넥서스 BOOKS.

아라우네(2007). 타로카드 한권으로 끝내기. 서울: 물병자리.

이근매(2008). 미술치료 이론과 실제. 파주: 양서원.

최정안(2003). 타로 마스터 따라잡기. 서울: 북하우스.

김라미(2016). 월간한국인.

변지섭(2006). 대학원 신문 213회.

나무위키(2016).

위키백과(2016).

Daum 백과.

Egloog(2005, 2009).

NAVER(2007).

Arthur Edward Waite(2006). 정형근 역. 타로의 그림열쇠. 서울: 타로.

Arthur Rosengarten, (2010). 이선화 역. 타로와 심리학. 서울: 학지사

Ellen Winner(2004). 이모영, 이재준 역. 예술심리학. 서울: 학지사.

Ingrid Riedel (2014). 정여주 역. 색의 신비. 학지사.

Julite Sharman Burke(2005) 조하선, 주혜명 역, 그리스신화 타로 해석사전. 서울: 물병자리.

Rachel Pollack (2005) 이선화 역, 타로카드 백배 즐기기. 서울: 동학사.

Richard Forestier(2013) 김익진. 예술 치료의 모든 것. 서울: 강원대학교 출판부.

Joanna Watters(2006). 이선화 역. 타로의 지혜. 서울: 슈리크리슈나다스 아쉬람.

Sally Atkins, Lesley Duggins Williams 공저(2010). 최은정, 김미낭 역. 표현 예술 치료 소스 북. 서울: 시그마 프레스.

http://blog.daum.net (2016).

http://tip.daum.net (2006).

http://cafe356.daum.net (2009).